Du même auteur :

Les marches de la sagesse - 2006, Les 2 Encres - 2015, BoD
La mal venue - 2006, Les 2 Encres - 2016, BoD
L'ingénue des Folies Siffait - 2009, Les 2 Encres - 2016, BoD
Marchands de mort - 2010, Les 2 Encres - 2016, BoD
Adieu primevères et coquelicots - 2010, Les 2 Encres - 2016, BoD
Le Ressac de la Loire (poésies) - 2011, Les 2 Encres - 2016, BoD
Le manoir de la douleur - 2011, Les 2 Encres - 2016, BoD
Les Sourires d'inconnus - 2012, Les 2 Encres - 2016, BoD
Le leurre d'une vie - 2013, Les 2 Encres - 2016, BoD
Moi, Titi, chat-guérisseur - 2015, Les 2 Encres - 2015, BoD

Dépôt légal : octobre 2009
réédition : janvier 2016
ISBN : 978-2-81062-747-9
Éditeur : BoD - Books on Demand
12 / 14 rond-point des Champs-Élysées - 75008 Paris - France

Partout des malheureux, des proscrits, des victimes,
Luttant contre le sort ou contre les bourreaux ;
On dirait que le ciel aux cœurs plus magnanimes
Mesure plus de maux.

Lamartine, 1817

Si je devais un jour pour de viles richesses
Vendre ma liberté, descendre à des bassesses
Si mon cœur par mes sens devait être amolli
Ô Temps ! Je te dirais : « Préviens ma dernière heure,
Hâte-toi que je meure ;
J'aime mieux n'être pas que de vivre avili. »

Thomas, 1782

Chapitre 1

Marie-Anne glissa soigneusement le marque-page à l'endroit où elle s'était arrêtée, et referma son livre qu'elle posa sur la table basse près du fauteuil dans lequel elle s'était enfoncée. Jack se redressa aussitôt, quêtant de son regard fidèle un geste de sa maîtresse qui lui indiquerait que l'heure de la promenade avait sonné. Elle sourit:

– Oui, on y va...

Jack était un petit ratier. Elle avait découvert ce chien errant et affamé sur les trottoirs de la ville, et l'avait recueilli. Lavé et brossé, il l'accompagnait désormais partout. Elle s'était amusée à le dresser pour rechercher des objets perdus, ou des personnes. Doué, il comprenait vite ce qu'elle attendait de lui.

Le chat Titi, pacha de la maison, lui avait au début réservé un accueil mitigé. Mais il lui arrivait maintenant de se frotter contre lui en ronronnant amicalement. Ce chat avait son caractère, mais il n'était pas méchant. Marie-Anne l'avait récupéré à la SPA quelques années auparavant, et elle avait dû se battre pour réussir à l'apprivoiser et gagner sa confiance. La pauvre bête avait été martyrisée par ses anciens maîtres, ce qui l'avait rendu sauvage et agressif. Mais avec le temps, et à force d'amour et de patience, Titi était devenu un animal doux et câlin. Marie-Anne cédait aussi à tous ses caprices, et entretenait entre autres ses crises de boulimie, si bien qu'aujourd'hui Titi pesait pas moins de onze kilos !

Au mois d'octobre, les jours déclinaient de bonne heure ; l'après-midi tirait à sa fin. Marie-Anne avait décidé ce jour-là qu'elle s'octroierait une marche sur les bords de la Loire pour admirer le coucher du soleil. Elle aimait ce moment quand l'astre se reflétait sur les eaux du fleuve qui ondulait dans des teintes oscillant entre les roux chatoyants et les bruns les plus profonds. La mer remontant jusqu'à Ancenis, et même au-delà par grandes marées, chassait certaines espèces de ce vivier naturel, et il fallait un œil avisé ou attentif pour distinguer de temps à autre quelques petits poissons. Tandis que de la ville proche parvenait le vacarme étouffé d'une population bourdonnante d'activité, toute une vie s'éveillait alors sur les berges que venait doucement emprisonner l'obscurité. De l'araignée, tissant sa toile, au mulot fureteur, soudain méfiant de l'envol bruyant d'un héron satisfait de sa pêche, c'était une faune des plus variées qui se réveillait pour animer les lieux.

Aujourd'hui, cependant, absorbée dans ses pensées, Marie-Anne ne prêtait pas grande attention à la nature qui frissonnait autour d'elle. Cela faisait maintenant deux ans qu'elle avait retrouvé Jacques, mais depuis la fin de cette incroyable enquête pour laquelle il avait sollicité son aide, elle ne le voyait pas souvent. La vie avait repris son cours normal et le capitaine du commissariat Waldec-Nantes avait sûrement autre chose à penser que venir lui faire la cour ! La jeune retraitée se consolait en songeant que les quelques heures qu'il lui accordait par-ci, par-là, avaient le mérite d'enrichir son inspiration de roman-cière toujours à l'affût de la moindre anecdote. En effet, il lui rapportait le récit de ses enquêtes, tenait compte de ses observations souvent bien avisées et n'hésitait pas à lui demander son avis quand il tâtonnait dans une affaire délicate. Elle savait que Jacques attendait davantage de leur relation, mais tant qu'il resterait en activité, qu'il n'aurait donc jamais d'heure pour rentrer et qu'elle s'in-quiéterait, elle ne désirait pas créer d'attaches plus intimes. C'était aussi une façon de garder encore un peu son indépendance. Il y avait si longtemps qu'elle était seule ! Plus tard, elle verrait. Sans doute finirait-elle sa vie avec lui.

Marie-Anne connaissait Jacques depuis toujours. Ils avaient été élevés ensemble, passant leur enfance à inven-ter des jeux connus d'eux seuls. Déjà à l'époque, Jacques aimait jouer aux gendarmes et aux voleurs, tandis qu'elle se plaisait à lui raconter des histoires abracadabrantes sor-ties tout droit de son imagination. Durant son adoles-cence, Jacques avait été son confident et son ami, il la comprenait bien mieux que les jeunes filles de son âge ! Ce n'était qu'à partir de l'âge adulte que leurs vies avaient pris un chemin différent. Jacques était entré dans la police, tandis que Marie-Anne se consacrait pleine-ment à ses études littéraires. Pendant un bon nombre d'années ils ne s'étaient vus que de façon épisodique. Mais aujourd'hui, elle devait bien se l'avouer, Jacques lui manquait énormément.

Deux ans aussi qu'elle n'avait pas revu Robert, un col-lègue de Jacques. Personne dans son entourage n'avait de ses nouvelles depuis qu'il avait demandé un congé sans solde avant de disparaître. Son appartement restait fermé, sa boîte aux lettres vide. Si Jacques le rencontrait parfois, en tout cas, il n'en parlait pas à Marie-Anne. Robert… Robert devenu un ripou, ainsi qu'on appelait les flics aux mœurs contraires à leur déontologie! Après tant d'années dans la police! Comment avait-il basculé, que s'était-il passé?

Les ombres de la nuit s'étendaient déjà, dénonçant l'automne qui prenait ses aises. Frissonnante, Marie-Anne resserra autour d'elle les pointes de la veste chaude dont elle avait pris la précaution de se revêtir avant de sortir. Allons! Il était temps de rentrer maintenant. Elle allait se préparer une bonne tasse de thé qu'elle dégusterait tout en révisant le dernier chapitre achevé la veille.

– Jack! appela-t-elle.

Le chien qui gambadait plusieurs mètres devant elle revint sur ses pas en petits bonds joyeux pour la convier au jeu.

– Non, non! On rentre à la maison, mon beau! J'ai encore du travail qui m'attend…

*

* *

La lampe du bureau diffusait un rond de lumière sur les pages que Marie-Anne relisait avec attention, corrigeant de temps en temps une erreur oubliée ici ou là. Elle sursauta quand la sonnette de la porte d'entrée résonna avec insistance en même temps que l'on frappait contre le battant. Dérangé, Jack se mit à aboyer furieusement.

– Jacques! s'exclama Marie-Anne en découvrant son visiteur. Que se passe-t-il?

– Désolée, Marie… J'ai besoin de toi. Une fillette de neuf ans a disparu. C'est la fille d'un lieutenant de chez nous.

– Tu as surtout besoin de Jack, pourquoi ne le dis-tu pas tout de suite ?

– Je viens vous chercher tous les deux dans une heure, s'impatienta le capitaine. Nous devons rejoindre la patrouille de recherches.

– Des recherches en pleine nuit ?

– Tu as peur du noir ? se moqua Jacques d'un ton plus doux. « Quatre pattes » aussi ?

– Très bien ! Puisque c'est ainsi, que tu ne veux toujours pas lui reconnaître son identité en l'appelant par son nom, nous restons là, répondit Marie-Anne du tac au tac.

– Je t'en prie, ne perdons pas de temps. Couvre-toi, les nuits sont fraîches. Et emporte des boissons chaudes, et de quoi grignoter pour ton coéquipier. À tout à l'heure.

Quand ils arrivèrent devant la maison du lieutenant de police Sylvain Avril, celui-ci sortit pour les accueillir. Une jeune femme aux yeux rougis et dont la pâleur du visage ressortait davantage sous les cheveux bruns, le suivait.

– Mon épouse, Cécilia, présenta Sylvain Avril dont l'inquiétude se lisait sur les traits. Nous vous attendions.

– Marie-Anne Legrand est une vieille amie, expliqua Jacques. Elle peut nous aider à retrouver votre fille.

– Quel âge a votre enfant ? s'enquit Marie-Anne après de brèves salutations.

– Neuf ans, elle s'appelle Solène.

– Un voisin l'a vue quitter la maison peu après son retour de l'école, précisa Sylvain en désignant un pavillon un peu plus loin.

– Cela pourrait-il être une fugue ? murmura Marie-Anne pour elle-même.

– Une fugue ?! Une enfant de neuf ans ? protesta Cécilia qui l'avait entendue.

– Oui, cela arrive. Chez des enfants plus jeunes, même.

– Quels vêtements portait-elle au moment de sa disparition? demanda Jacques à son tour.

– Un pantalon bleu marine avec un pull rouge. Elle a de longs cheveux blonds, précisa le jeune lieutenant.

– Et à quel moment vous êtes-vous aperçus de sa disparition?

– Quand mon épouse est rentrée de son travail, vers dix-neuf heures, Solène n'était pas à la maison. Elle termine l'école à dix-sept heures.

– Est-il possible de jeter un coup d'œil dans sa chambre?

– Très bonne idée, approuva Jacques en se tournant vers Cécilia pour quêter son autorisation. Vous êtes certainement déjà allée regarder?

– Notre petite fille possède sa chambre bien à elle, c'est son espace, et je ne vais jamais fouiller dans ses affaires.

– C'est très bien, mais vu les circonstances… ironisa Marie-Anne agacée par les réactions quelque peu contrariantes de la jeune femme.

– Bon… si vous y tenez!

En passant près de lui, Marie-Anne adressa une grimace à son compagnon qui eut un sourire contrit. Cécilia Avril précéda la romancière à travers la maison. Bien sûr, Jack emboîta le pas à sa maîtresse tandis que les deux hommes s'attardaient à discuter.

La chambre dans laquelle elles pénétrèrent était coquette. Une tapisserie d'un doux rose habillait les murs. Sur une commode, un petit vase contenait un bouquet de pensées probablement cueillies dans le jardin attenant. Des livres et divers bibelots ornaient des étagères en bois blanc. Une jolie poupée trônait sur le lit, sa robe soigneusement étalée autour d'elle en un cercle parfait. Telle une gardienne désignée, elle semblait veiller sur les lieux, ses yeux aveugles désignant les visiteuses. Tout était propre et bien rangé. Une chambre de petite fille qui ne manquait de rien.

Le regard de Marie-Anne accrocha immédiatement une feuille de papier qui dépassait du jupon de la poupée. Elle fit un pas dans cette direction :

– Vous permettez que je lise ?

Elle nota l'imperceptible mouvement de protestation retenue sur les lèvres de la maman de Solène.

– Mais qui êtes-vous ?

– Je suis auxiliaire de police… et voici mon chien. Un chien de police que j'ai dressé moi-même, déclara-t-elle en souriant.

Un petit mensonge ne prêtait pas à conséquence.

– Mais… je rêve ! s'exclama Cécilia en fronçant les sourcils. Faites immédiatement sortir ce chien de la chambre de ma fille.

– Il n'en est pas question. Jack ne me quitte jamais et il restera avec moi. Alors, je la lis, cette lettre ?

– Évidemment, intervint Jacques qui les avait rejointes et qui observait la scène sur le pas de la porte.

– Bon alors, allons-y :

Papa, maman,

J'ai fait la connaissance d'une vieille dame. Elle est très gentille avec moi et depuis quelque temps elle a des malheurs. Je t'en ai parlé, papa, mais tu m'as dit que tu n'avais pas le temps d'écouter tous les malheurs des gens. Et comme vous travaillez tous les deux, je suis toujours toute seule. Alors je suis partie chez elle pour ce soir, lui tenir compagnie. Demain je vous appellerai et vous viendrez me chercher.

Bonne nuit papa, bonne nuit maman.

La stupeur s'était peinte sur les visages de Sylvain et Cécilia Avril. Cette dernière réagit la première :

– C'est qui, cette femme ?! Oh, et cette petite peste qui décide comme ça d'aller chez une inconnue, sans nous demander la permission ! Elle va m'entendre ! s'emporta-t-elle en prenant à témoin son mari.

– Et vous vous étonnez qu'elle vous écrive une telle lettre et qu'elle parte ailleurs ? ne put s'empêcher de railler Marie-Anne.

– Oh, vous, l'auxiliaire avec votre chien…

– Eh bien, je la comprends, poursuivit la romancière sans tenir compte de l'intervention d'une indéniable irrévérence. Avec son métier, votre mari est souvent absent. Quant à vous, vous ne rentrez jamais avant dix-neuf heures, d'après ce que j'ai entendu. Peut-être même plus tard parfois, si vous avez besoin de faire quelques courses. Elle exprime un manque de vous, et vous parlez de la punir ? Permettez-moi de vous dire que je vous plains… La décision de votre enfant aujourd'hui est peut-être pour vous faire réagir, et la lettre qu'elle vous a laissée devrait vous inciter à la réflexion. Quant à cette vieille dame, peut-être lui est-il arrivé quelque chose de grave et c'est pour cela qu'elle souhaitait vous rencontrer, Sylvain ?

– Marie-Anne, s'il te plaît…

– Quoi ? Est-ce parce que je dis une vérité que personne ne veut reconnaître ? Tu sais que je ne suis pas du style à me taire quand quelque chose me dérange. Je suis désolée, mais je n'ai pas de temps à perdre. Si monsieur et madame Avril refusent d'accepter ce qui apparaît comme une évidence, Solène recommencera.

– Sylvain, sais-tu qui est cette vieille dame dont parle ta fille dans sa lettre ? demanda Jacques pour en revenir au sujet qui les préoccupait.

– Non, je ne vois pas du tout, avoua le jeune lieutenant.

– Et comment Solène la connaît-elle?

Sylvain haussa les épaules en guise d'ignorance.

– Bon, en tout cas, inutile d'aller fouiller la campagne cette nuit. Apparemment, la mignonne est à l'abri. Je vais passer au bureau signaler l'affaire, quand même. Quant à toi, Sylvain, reste avec ton épouse ce soir, au cas où Solène appellerait. Je t'attends demain à huit heures.

Jacques et Marie-Anne prirent congé du jeune couple. La poignée de main que leur accorda Cécilia fut plutôt réticente et elle ne les raccompagna pas jusqu'à la porte.

– Bon, fit Jacques lorsqu'ils se retrouvèrent dans la rue, il est vingt heures, je ne crois pas que l'on puisse faire grand-chose pour le moment... sinon aller dîner. Allez, je passe rapidement au bureau leur donner l'information et je vous invite à manger, Jacky et toi.

– Jacky? s'étonna Marie-Anne.

– Ben, ton assistant. Regarde, ce nom paraît lui plaire!

Jacques roula tranquillement jusqu'au poste de police devant lequel il se gara.

– Je n'en ai pas pour longtemps, mais si tu veux m'accompagner.

– Merci, je t'attends dans la voiture.

Tandis qu'elle patientait, la jeune retraitée se demanda si l'affaire justifiait vraiment sa présence ou si Jacques avait saisi ce prétexte pour passer la soirée avec elle. Il a fait d'une pierre deux coups, pensa-t-elle.

Le capitaine revint rapidement. Il choisit de l'emmener dans un petit restaurant où l'on servait une spécialité dont il raffolait: le lard nantais, une recette composée de côtelettes de porc cuites au four avec des couennes et de la fressure, du foie ou du poumon, et qui se dégustait de préférence avec un petit muscadet dont ils demandèrent un verre en guise d'apéritif.

Ils trinquèrent et Marie-Anne le remercia de son invitation.

– Je te dois bien ça pour le dérangement, marmonna-t-il.

– Je dois donc considérer ceci comme un dédommagement ? se moqua-t-elle, feignant l'indignation. Moi qui pensais que tu souhaitais partager un moment avec moi.

Cette manière directe qu'elle avait de dire les choses lui arracha un sourire.

– Je suis heureux aussi de passer un moment avec toi, lui avoua-t-il.

Il y eut un instant de silence. Le regard de Marie-Anne erra dans la salle et s'arrêta sur un couple, à une table au fond de la salle, dont la discussion animée traduisait une querelle. L'homme essayait de rester calme face à une femme qui avait du mal à maîtriser les accents de sa voix et sa gestuelle.

– Vive le mariage, murmura Jacques qui avait suivi le regard de son amie.

– C'est peut-être un couple adultère, émit Marie-Anne.

– Ce n'est pas le meilleur endroit pour passer inaperçu. À propos, tu ne trouves pas que tu y es allée un peu fort avec la femme du lieutenant, tout à l'heure ?

– Ah bon ? Moi, je trouve qu'elle le méritait.

Quand, plus tard dans la soirée, Jacques laissa son amie devant chez elle, il lui précisa qu'il passerait la prendre le lendemain matin.

– Viens partager un petit déjeuner, lui proposa-t-elle avant de claquer la portière de la voiture sans attendre sa réponse.

Chapitre 2

Jacques fut accueilli par l'odeur du café et du pain grillé. Il entendit son amie s'affairer dans la cuisine.

– Par là ! lui cria-t-elle.

Elle avait allumé la radio et les notes d'une musique classique lui parvinrent en sourdine. Il marqua un temps d'arrêt sur le seuil. Il serait bien resté ainsi, à savourer la douceur de cet instant, court répit dans sa vie si mouvementée. Mais bon, aujourd'hui encore, il avait du pain sur la planche ! Et pour tout dire, cela ne lui déplaisait pas. Il évitait de se projeter dans l'avenir, de penser à ce qu'il pourrait bien faire du temps libre dont il disposerait dans quelques mois, quand il prendrait sa retraite.

Il rejoignit Marie-Anne qui achevait de dresser la table pour le petit déjeuner.

– Voilà bien ce qui fait défaut à un célibataire comme moi, apprécia-t-il en s'asseyant. Un petit déjeuner digne de ce nom !

– Profites-en, l'invita Marie-Anne en versant le café fumant dans les bols. Tu sais, j'ai pensé une bonne partie de la nuit à cette gamine qui s'est enfuie de chez ses parents. Elle doit avoir un sacré tempérament tout de même ! Je suis curieuse de la rencontrer.

– En espérant qu'elle téléphone, comme elle l'a écrit sur sa lettre…

Il fut interrompu par la sonnerie de son portable. La communication fut brève.

– Elle a téléphoné, lui apprit-il. C'était Sylvain Avril. Nous avons juste le temps de faire honneur à ce petit festin matinal.

Le lieutenant et son épouse qui s'impatientait étaient déjà dans le bureau de Jacques quand ils arrivèrent. Tous s'engouffrèrent dans un véhicule de la gendarmerie pour se rendre à l'adresse que leur avait précisée la fillette.

Parvenus au rond-point de Rennes, ils s'arrêtèrent devant le numéro 3. Une allée traversait un jardin aménagé à l'ancienne et conduisait à une belle maison particulière en pierres dans le style des années 1950.

– Je n'ai pas de nom, capitaine…

– Si vous aviez fait votre travail, vous sauriez chez qui nous allons, rétorqua Jacques en désignant une boîte aux lettres au nom de madame Vinte Michèle.

Il s'engagea dans l'allée aux côtés de Cécilia qui marchait d'un pas nerveux :

– Quant à vous, Cécilia, je vous conseille de garder votre calme devant votre petite fille. Se fâcher après elle n'arrangera rien.

Marie-Anne qui les avait tous devancés, sonna à la porte. Une dame à laquelle il était difficile de donner un âge, vint ouvrir. Toute vêtue de noir, et bien que ses yeux d'un bleu délavé dénoncent qu'elle venait de pleurer, elle dégageait une certaine noblesse due en partie à sa fine silhouette au maintien droit, mais aussi à ses cheveux d'un blanc de neige qui encadraient un visage marqué par le temps, mais encore beau.

– Rentrez, je vous en prie, invita-t-elle d'une voix douce en les guidant vers le salon. Solène, tes parents sont là.

La fillette se tenait au milieu de la pièce, aussi à l'aise que si elle eût été chez elle.

– Bonjour, salua-t-elle en adressant un regard de défi à Cécilia.

Marie-Anne eut un petit sourire complice. Cette fillette lui plaisait. Elle paraissait franche et directe tandis que ses yeux, l'un vert l'autre marron, nota l'écrivain, allaient d'une personne à l'autre. Des nattes blondes tombaient sur ses épaules. Elle était habillée d'un pull rayé et d'un pantalon noir. Tiens, elle avait changé de tenue ?

– Oh, le chien ! C'est le vôtre ? demanda-t-elle à Marie-Anne.

– Oui. Il s'appelle Jack.

Jacky, rectifia le capitaine Vatier d'une voix posée.

Faisant montre d'une parfaite indifférence à la présence de ses parents, la fillette s'était agenouillée devant Jack, joyeux de cet intérêt qu'on lui témoignait.

– Je prépare du café ? offrit leur hôtesse, gênée.

– Je vous accompagne à la cuisine, proposa immédiatement Marie-Anne. Vous ne vous attendiez peut-être pas à voir débarquer autant de monde de si bonne heure… Mais vous n'auriez pas dû recevoir Solène chez vous sans que ses parents ne sachent où elle se trouvait.

– Oui, je suis désolée. Mais elle m'a suppliée de ne rien dire et je n'ai pas eu le cœur de la décevoir. Elle s'est toujours montrée tellement gentille et serviable avec moi.

– À propos, justement, comment avez-vous connu Solène ?

– Oh! commença madame Vinte en sortant un plateau sur lequel elle disposa des tasses et le sucrier, tandis
que Marie-Anne versait de l'eau dans la cafetière élec-
trique, je suis tombée dans la rue, il y a quelques jours,
alors que je revenais de faire des courses. Solène est
venue vers moi et m'a aidée à me relever. Puis elle a porté
mes provisions jusqu'ici. Elle est revenue le lendemain en
sortant de l'école, pour s'assurer que j'allais bien et que
je n'avais besoin de rien ; et le surlendemain… et tous les
soirs.

La vieille dame eut un sourire ému vite remplacé par
une expression soucieuse.

– Sa présence me rassérène. Mon fils est rarement présent, son travail l'amène à se déplacer souvent. Et depuis
la disparition de mon gendre et de ma fille…

– Leur disparition ?

– Je n'ai pas de nouvelles de Jeanne depuis une
semaine, et je suis très inquiète.

– Vous devriez peut-être en parler au capitaine Vatier,
suggéra Marie-Anne tout en s'emparant du plateau sur
lequel la vieille dame venait de déposer la cafetière.

Dans le salon, Sylvain et Cécilia Avril entouraient
Solène qui, comme si de rien n'était, s'amusait avec le
chien.

– Je crois que madame Vinte aurait besoin de vos services, glissa la romancière à son ami qui, sur un geste de
leur hôtesse, prenait place autour de la petite table
ronde. Sa fille et son gendre ont disparu…

– Vous avez prévenu la police ? demanda aussitôt celui-
ci en relevant la tête vers la vieille dame.

– Non… juste après la disparition de mon gendre,
nous avons reçu des menaces pour nous dissuader de prévenir la police. Jeanne, ma fille, qui n'en pouvait plus

d'attendre sans rien faire, pensait faire appel aux services d'un détective...

– Si vous nous racontiez tout cela dans le détail ? Quel est le nom de famille de votre gendre et sa femme, et quel âge ont-ils ?

– Condo Pierre et Jeanne Condo. Ma fille a quarante ans, son époux quarante-six. Tous deux sont chercheurs dans un laboratoire à Lyon. Pierre a disparu depuis bientôt quinze jours, et Jeanne une semaine.

Jacques avait sorti un petit carnet de sa poche et prenait des notes.

– Pas de problème particulier entre eux ?

– Non. Ils s'entendaient très bien. Je ne les ai jamais entendus se disputer. Leur appartement est au premier étage de la maison. Ils y viennent quand ils ont quelques jours de congé.

– Des enfants ?

– Non.

– Savez-vous dans quelles circonstances ils ont disparu ?

– Un soir, quelqu'un a sonné à la porte. La première fois, c'est Pierre qui est descendu ouvrir. Comme il ne revenait pas, Jeanne est allée voir à son tour. La porte était ouverte et Pierre n'était plus là. Le même scénario s'est reproduit une semaine plus tard...

La pauvre femme ne put retenir un hoquet. Solène aussitôt se précipita vers elle et passa ses bras autour de ses épaules.

– Nous étions toutes les deux ici. Elle dormait là depuis... Elle est descendue voir de quoi il s'agissait, et... elle n'est pas remontée. Oh ! gémit-elle, je suis tellement angoissée.

– Mais pourquoi ne pas avoir prévenu la gendarmerie ?

– J'ai peur qu'on ne leur fasse du mal.

– Pour quel laboratoire travaillent monsieur et madame Condo?

– Pétrot… ou Pétriot… quelque chose comme ça. C'est un laboratoire de la région lyonnaise.

– Et savez-vous quels sont leurs travaux dans ce laboratoire?

– Pas vraiment. Je sais qu'ils font des recherches sur les molécules pour découvrir de nouveaux médicaments, pour les diabétiques, entre autres, afin qu'ils n'aient plus à se piquer plusieurs fois par jour.

– Ils ne vous ont pas parlé de laboratoire en concurrence? Non? Vous avez une photo de votre fille et de son mari, s'il vous plaît?

Madame Vinte repoussa doucement Solène pour se lever et se diriger vers un meuble. Elle revint vers la table avec un petit album dont elle sortit un cliché qu'elle tendit à Jacques.

– Ils sont tous les deux dessus.

– Vous pouvez nous la confier, s'il vous plaît?

– Bien sûr. Vous allez les retrouver?

– Le petit chien va les aider, affirma Solène pour la rassurer, en revenant se caler près d'elle. Papa m'a dit qu'il retrouvait les gens.

– Hé! Il m'a bien retrouvé, moi! lança Jacques avec un clin d'œil à l'adresse de Marie-Anne.

– Oui, et comme tu t'es conduit en héros, tu es devenu capitaine de gendarmerie. Quant à Jack…

– Jacky! lui rappela son homonyme d'un ton faussement bourru.

– Le commissaire divisionnaire lui a remis une médaille! acheva Marie-Anne sans tenir compte de l'interruption. Il travaille très bien. Peut-être auriez-vous un vêtement ou un objet leur appartenant à chacun?

– J'ai ici les pantoufles de ma fille, et je peux aller chercher une écharpe que met mon gendre.

– Ce sera parfait, merci.

– Nous vous tiendrons au courant au fur et à mesure des événements, indiqua Jacques.

– Merci, capitaine, et merci à vous aussi, madame Legrand, prononça la vieille dame reconnaissante en prenant congé de ses visiteurs.

– Lieutenant Avril, nous vous déposons rue Hector Berlioz avec votre famille. Disposez de la matinée, mais repassez au bureau en début d'après-midi pour les consignes à venir.

– À vos ordres, commissaire.

Après avoir laissé Solène et ses parents, Jacques et Marie-Anne roulèrent jusqu'au commissariat.

– Je vais aussi avoir besoin de vous, madame, annonça le capitaine en arrêtant la voiture devant les locaux de la gendarmerie.

– Mais, commissaire… je ne suis pas de la police ! protesta Marie-Anne sur le même ton de plaisanterie.

– Non, mais j'ai le droit de prendre une auxiliaire et son chien, nous manquons de personnel. Tu m'accompagnes chez le grand chef ?

Informé de cette affaire, le commissaire principal Henry déclara qu'il s'en occupait. Il fit venir Louis Veneau, l'un de ses enquêteurs, pour le joindre à l'équipe.

– Commandant Vatier, je vous charge de cette affaire.

Devant l'étonnement de Jacques, il expliqua :

– Oui, je comprends votre surprise… J'ai reçu ces documents dont je devais vous faire part au cours d'une petite cérémonie officielle, mais faute de temps… Alors voici : le lieutenant Veneau passe capitaine. Et… peut-être que j'aurais dû commencer par là, s'excusa-t-il en regardant Jacques, vous êtes nommé commandant. Donc le capitaine Veneau, le lieutenant Avril, ainsi que madame et son chien, seront sous vos ordres, commandant Vatier…

Il se tourna vers Marie-Anne qui ne dissimulait rien de sa stupéfaction :

– Madame Legrand, je vous précise que, étant donné vos états de services précédents, et puisque chez nous vous n'êtes pas encore à la retraite, vous êtes nommée gardien de la paix stagiaire.

Marie-Anne échangea un regard médusé avec ses nouveaux collègues.

– Ah ! ajouta Henry, évidemment, le capitaine Veneau lâche son enquête actuelle. Il ne peut pas en suivre deux à la fois. Commandant Vatier, vous repasserez me voir pour que je vous donne les documents que m'a remis le procureur de la République. Je vous invite tous à la prudence. Si vous devez vous déplacer, prenez contact avec le commissariat du secteur où vous vous trouverez. Et tenez-moi informé du déroulement de votre enquête au jour le jour.

– Entendu, commissaire, opina Jacques en se préparant à prendre congé.

Encore éberlué de cette annonce, le trio quitta la pièce.

– Réunion dans mon bureau dès que le lieutenant Avril sera arrivé, ordonna Jacques à Louis Veneau qui s'éloignait. Marie-Anne, tu t'organises pour te joindre à nous.

La nouvelle nommée dans le service sursauta.

– C'est un ordre ? demanda-t-elle sur un ton misérieux.

– Tu as entendu ce que le commissaire a dit ?

– Oui, mais… je t'avoue que pour aujourd'hui, j'ai eu ma dose d'émotions et que j'en ai un peu ma claque des disparus. On pourrait passer à autre chose comme, par exemple, chercher un voleur ou un bandit ? Mais deux personnes volatilisées dans la nature !… soupira Marie-Anne.

– Deux personnes qui ont été enlevées, rappela Jacques. N'oublie pas que madame Vinte a reçu des menaces. Et nous ne choisissons pas ce qui nous tombe dessus. Nous avons vraiment besoin de tes services.

– Ou de ceux de Jack, abdiqua la romancière en soupirant.

Chapitre 3

– Bien! commença le commandant en dévisageant chacun de ses collègues. Pour les besoins de l'enquête, il nous sera certainement nécessaire d'effectuer un petit voyage, peut-être pour plusieurs jours. Prenez vos dispositions en conséquence. Lieutenant Avril, vous tiendrez prête une voiture... pour cinq.

– Pour cinq, commandant? Avec tout le respect que je vous dois, nous sommes quatre.

– Non, cinq! Vous oubliez Jacky.

– Jacky?

– Où avez-vous eu vos galons, lieutenant? Le travail d'un flic est aussi basé sur l'observation et la considération de ce qui l'entoure. Réfléchissez un peu! Pour votre information, je vous apprendrai que Jacky m'a sauvé la vie, en 2000. Et comme l'a dit sa maîtresse, hier, devant vous, il a reçu la médaille de sauvetage que l'on donne aux chiens courageux. Il fait partie de notre unité, essayez de ne pas l'oublier.

– Bien chef, marmonna Sylvain Avril.

– Bien... Avez-vous des suggestions?

– Oui, commandant. J'ai pensé que l'on pourrait faire une enquête de voisinage autour de chez les Vinte-Condo...

– Bonne idée, approuva Marie-Anne. Moi, je veux bien aller chez le coiffeur du coin s'il peut me prendre. C'est un endroit où on cause beaucoup et où on se détend. Il faudrait aussi que quelqu'un aille au café.

– Très bien, madame. Allez chez le coiffeur. Tout le monde se retrouve donc à dix-huit heures au commissariat, conclut le commandant Vatier d'un ton qui ne souffrait pas qu'on soulève la moindre objection.

Marie-Anne lui jeta un regard interrogateur. Avait-il besoin de se montrer si sec quand il s'adressait à ses coéquipiers ? Elle n'était pas habituée à recevoir ainsi des ordres, et elle n'était pas l'un de ses hommes. Elle devait convenir que cette façon d'agir à son égard, devant les autres en plus, la blessait profondément.

Elle se débrouilla pour rentrer chez elle où elle avait décidé de laisser Jacky le temps d'aller chez le coiffeur. Avant de repartir, elle téléphona à madame Vinte pour qu'elle lui confirme l'adresse du salon où sa fille se faisait coiffer. Il était situé tout près du rond-point de Rennes. Elle prit la précaution de téléphoner afin d'être certaine qu'on pourrait la recevoir et s'y rendit de ce pas.

Deux heures plus tard, Marie-Anne ressortait du salon de coiffure, satisfaite des informations qu'elle avait glanées. L'employée ne s'était pas fait prier pour raconter tout ce qu'elle savait de Jeanne Condo dont elle avait appris la disparition. Elle l'avait décrite comme une personne gentille et généreuse, mais qui, les dernières semaines, lui avait paru inquiète. Elle avait même avoué se sentir suivie, épiée. Elle avait peur. La coiffeuse ajouta que peu de temps après la disparition de Jeanne, un homme d'une cinquantaine d'années, un certain Vincent, était passé au salon, cherchant lui aussi à glaner des informations.

Pensive, Marie-Anne quitta le salon de coiffure. Elle marcha un peu tout en mettant de l'ordre dans ses pensées. Avisant soudain l'enseigne clignotante de la pharmacie, elle accéléra le pas et poussa la porte.

Dès qu'elle fut rentrée chez elle, la romancière appela Jacques pour lui faire part des éléments qu'elle détenait.

– Ah, je tenais aussi à te dire que je n'ai pas vraiment apprécié ton comportement à mon égard! lui rappela-t-elle, incapable de garder ce ressentiment pour elle.

– Ne te formalise pas de cela, s'il te plaît, Marie-Anne, s'excusa-t-il. Mais devant mes hommes, je suis tenu de conserver une certaine distance. Tu vas chez madame Vinte, maintenant? Allez, je t'y rejoins.

La vieille dame les accueillit dans son grand salon aux murs couleur jaune paille. Jacques demanda la permission de monter dans la chambre de sa fille et son gendre où il pourrait éventuellement trouver quelques indices. Il en redescendit un peu plus tard, brandissant un carnet d'adresses.

– Cela nous sera peut-être utile. Vous permettez que je le garde?

– Bien sûr!

Marie-Anne lui rapporta les renseignements qu'elle avait tirés chez le coiffeur.

– Oui, elle avait peur, déclara la vieille dame. Et Pierre aussi depuis que les portes du jardin et du laboratoire avaient été fracturées… Mon époux avait installé un petit cabinet de recherches où il travaillait durant ses heures de loisirs. Il travaillait pour un laboratoire près d'Angers. Il a été tué, fauché par une voiture, un matin, alors qu'il partait prendre son train. Il est mort sur le coup. Cela fait huit ans…

– Un accident ? voulut savoir Jacques.

La vieille dame haussa les épaules.

– Un accident suivi d'un délit de fuite et pour lequel on n'a jamais retrouvé le responsable… Ou un assassinat, acheva Michèle Vinte avec un petit sourire désabusé.

– Avez-vous d'autres enfants, madame Vinte ?

– Oui, un fils. Il est célibataire et souvent en déplacement. Lui aussi est dans la recherche.

– Son prénom ?

– Arthur.

En fin d'après-midi, toute l'équipe retrouva Jacques dans son bureau.

– Récapitulons les éléments que nous avons en notre possession, commença le commandant Vatier.

Marie-Anne répéta le compte rendu qu'elle lui avait fait un peu plus tôt.

– Vous connaissez le nom du laboratoire ?

– Lequel ? Celui de Lyon ? D'Angers ? Angers Piot, Briot… Je n'ai pu obtenir davantage de précisions.

– Il faudra que l'on se renseigne.

– Je suis aussi passée à la pharmacie…

– Et alors ?

– Le pharmacien a reçu, il y a quelques semaines, la visite de deux hommes qui voulaient lui poser des questions, savoir si un représentant était venu leur proposer des médicaments pour soigner le diabète. Il leur a demandé s'ils étaient de la police, ils ont répondu que non… Il a alors eu l'idée qu'il se passait quelque chose suite à la disparition de madame Condo. Et puis, ces hommes ne lui inspiraient pas confiance. Il n'a rien voulu leur dire et a ensuite prévenu son personnel de se montrer vigilant. Bien sûr, je lui ai expliqué ma présence et j'ai ainsi appris que ce même Vincent était aussi venu chercher des renseignements auprès de lui.

Marie-Anne s'interrompit et entreprit de fouiller ses poches. Elle sortit un papier qu'elle déplia soigneusement.

– Il s'appelle Christian Vincent, la cinquantaine, cheveux châtain foncé, vêtu d'un costume sombre… Ça colle avec le personnage que m'a décrit la coiffeuse. Il a même donné une adresse en expliquant au pharmacien que si la police venait l'interroger, il rapporte ce qu'il savait. Il habite rue des Rossignols, au 32, à Saint-Jean-de-Linières. C'est à moins d'une dizaine de kilomètres d'Angers, près de la Nationale. Il y a un camp militaire à proximité. Il vit seul. Et il a parlé d'un laboratoire de recherche non loin de Beaucouzé…

– Eh ben! siffla Louis Veneau, admiratif. J'ai l'impression que l'on ne va pas s'ennuyer avec vous!

– Et vous n'avez encore rien vu, capitaine! Elle fouine partout et, il faut bien l'avouer, passe plus facilement que nous. Autre chose, Marie-Anne?

– Ce n'est pas suffisant? s'étonna-t-elle.

– Merci, madame. Et vous, messieurs? Qu'avez-vous découvert?

Louis Veneau, qui avait été nommé capitaine le matin même, prit la parole:

– Mes informations rejoignent celle de madame Legrand. Je suis allé au bar, comme elle nous l'avait conseillé. Pierre et Jeanne Condo y sont connus. J'ai appris qu'un certain Vincent était venu demander de leurs nouvelles. Il s'est présenté sous la profession de visiteur médical, vous savez, ceux qui viennent proposer les nouveaux produits pharmaceutiques aux médecins… J'ai aussi appris que le couple allait parfois dîner à *La Cigale*, où ils retrouvaient des amis. Ce Vincent est également allé poser des questions dans ce restaurant.

– Vous avez un signalement?

– La bonne cinquantaine, de taille moyenne, les cheveux foncés, il est toujours vêtu d'un costume de bonne coupe.

– Autre chose ?

– Non, commandant.

– Bien, nous allons donc diriger nos recherches vers Angers. Notre premier objectif, trouver ce Christian Vincent. On se retrouve ici demain matin à huit heures. Nous passerons prendre madame et son chien, vers neuf heures quinze. Lieutenant Avril, vous avez prévenu votre épouse de votre absence ? Pour votre fillette, voyez éventuellement avec madame Vinte qui se fera sûrement un plaisir de la recevoir si nécessaire. À demain et reposez-vous bien.

– Merci, commandant.

– Marie-Anne, je t'emmène manger quelque part, déclara Jacques dès que les deux hommes eurent quitté la pièce.

– J'accepte, mais à condition que tu laisses ton rôle de chef au bureau. Je veux dîner avec l'ami, pas avec le commandant Vatier.

Tandis qu'ils roulaient vers un petit restaurant que Jacques affectionnait particulièrement, le sujet de conversation revint malgré tout sur l'enquête en cours. Marie-Anne apprit ainsi que le couple de Sylvain et Cécilia Avril n'allait pas très bien. La fugue de Solène n'avait pas arrangé les choses.

Ce ne fut qu'une fois installés à une table dans l'ambiance feutrée du restaurant, et après que le serveur soit venu prendre leur commande – du pavé de cabillaud rôti à la crème citronnée pour Marie-Anne, et une côte de bœuf saignante accompagnée d'une poêlée de girolles pour Jacques – qu'ils décidèrent de ne plus aborder le sujet jusqu'au lendemain.

À la fin du repas, Jacques demanda un café qu'il avala rapidement et paya l'addition.

Il rattrapa Marie-Anne qui l'attendait à l'extérieur.

– Tu m'offres un verre chez toi, on pourra discuter un peu.

– Ah non, alors !

– Et pourquoi ? Nous ne sommes plus au Jardin d'enfant. Allez, je t'en prie, j'ai quelque chose de très important à te confier.

– Bon, d'accord, si tu veux, soupira-t-elle, mais pas de mensonge.

Parvenus chez Marie-Anne, et confortablement installé devant un jus de fruits, le commandant refit surface :

– Avril, c'est sa première enquête…

– Ah non ! On avait décidé de ne plus soulever cette affaire jusqu'à demain !

– Je ne veux pas parler de l'enquête, mais de psychologie, celle de nos équipiers, se défendit-il. Il faut bien que tu connaisses un peu tes collègues de travail !

Marie-Anne eut un sourire indulgent. Son compagnon reprit :

– Je disais donc que le lieutenant Sylvain Avril n'a pas encore beaucoup d'expérience dans le métier. Il a bien participé à quelques arrestations de petits malfrats, mais c'est tout. Quant à Louis, il vient de reprendre du service après deux mois de repos. Sa promotion est peut-être une manière de le motiver, car c'est un très bon enquêteur, bien qu'il mène ses enquêtes avec peu de conviction. Il a été très ébranlé par cette histoire avec Robert. Cela faisait des années qu'ils travaillaient ensemble… Il n'aurait jamais imaginé que son coéquipier fût un ripou !

– Et alors ? Où veux-tu en venir ?

– Je compte sur toi pour… stimuler, en quelque sorte, le capitaine Veneau. S'il te voit volontaire, il te suivra au quart de tour et redeviendra le bon policier qu'il était avant cette lamentable affaire. Moi, je m'occuperai du lieutenant Avril… Es-tu d'accord?

– Évidemment! Mais j'ai été nommée gardien de la paix, ne l'oublie pas! Quand j'y pense! À mon âge! Et normalement, c'est par concours!

– Oui, mais cela vient de haut. Il te faut un titre pour nous accompagner, c'est la loi. Et je crois que tu as prouvé, il y a deux ans, que tu le méritais. Ce que tu as fait vaut bien tous les concours. On n'allait pas te désigner maître chien… quoique… là aussi, tu le mériterais!

– Holà! Pas tant de compliments, s'il te plaît, ou plutôt, dis-moi ce que tu espères obtenir de moi!

– Un bisou sur la joue comme lorsque nous étions gosses.

– Un bisou sur la joue? Que penses-tu de tout cela, Jacky? Tu es d'accord?

– Il a l'air, vu comment il me débarbouille, se débattit Jacques en se levant. Je n'aurai pas besoin de faire ma toilette ce soir!… Bon… Ben, je vais y aller. Alors, à demain, Marie-Anne.

Elle le raccompagna jusqu'à la porte et lui fit un signe de la main en le regardant s'éloigner. Qu'il était beau lorsqu'il oubliait son grade, son métier, qu'il redevenait lui-même, un homme tout simplement.

Se surprenant dans ces pensées, elle se morigéna. Allons, ne rêvons pas!

Elle rentra, lava rapidement les deux verres, puis caressa Titi qui venait quémander son attention en se frottant contre ses jambes. Demain matin, elle l'emmènerait en pension chez Lucie, sa voisine, qui avait l'habitude de le garder lorsqu'elle s'absentait.

Ce fut sans entrain qu'elle prépara son petit sac de voyage, veillant à prendre ce qui lui serait nécessaire pour deux ou trois jours. Allongé sur le sol, le museau entre ses pattes, Jacky ne perdait pas un seul des gestes de sa maîtresse.

Quand elle fut certaine de n'avoir rien oublié, elle fit une rapide toilette et se glissa avec bonheur entre ses draps. Elle eut du mal cependant à trouver le sommeil. Dans quelle aventure se lançait-elle encore !

Chapitre 4

Marie-Anne s'éveilla en sursaut. Jacky était assis sur son lit. Un coup d'œil vers son réveil lui indiqua qu'il était déjà huit heures quinze.

Mon Dieu! se dit-elle en se précipitant dans la cuisine. Pressons!

L'équipe passait la prendre vers neuf heures quinze, ils devaient tous se rendre chez le fameux Vincent à Angers. Elle rassembla rapidement les affaires pour Titi, nourriture et litière, enferma le chat dans sa caisse, et se précipita chez Lucie avec laquelle elle prit à peine le temps d'échanger quelques mots. Compréhensive, celle-ci ne la retint pas davantage.

Revenue chez elle, elle se prépara du café. Le soleil déjà émergeait à l'horizon. Il incendiait tout le ciel, sublime spectacle que la nature offrait! Il allait faire beau. Jack, tout excité car il avait compris qu'il partait en balade, était déjà allé chercher sa laisse et son récipient utilisé pour boire lors des trajets en voiture.

– Et ta gamelle? demanda Marie-Anne en se préparant rapidement une tasse.

Tout en buvant son café à petites gorgées, elle fit du regard le tour de la pièce pour s'assurer qu'elle n'oubliait rien. Un bref coup de klaxon la prévint que la voiture l'attendait. Elle avait juste eu le temps de boire sa tasse et sortir son sac sur le pas de la porte. Jacques arriva :

– Bonjour, bien dormi ?

– Bien, mais pas assez, ronchonna-t-elle.

Louis Veneau et Sylvain Avril qui occupait la place du conducteur, attendaient dans la voiture.

– Bonjour, messieurs. Bien reposés et donc en pleine forme pour partir à l'aventure ?

– Quelle humeur joyeuse ! Pourvu que ça dure…

– Mon cher ami… Pardon, commandant désormais. Il fait beau, le soleil est là qui va nous accompagner tout au long de la journée, que demander de plus ? Sinon un bon café que je prendrais le temps de savourer.

– Tu n'as pas déjeuné ? s'étonna Jacques.

– Si, sur les chapeaux de roues.

– Désolé. Nous nous arrêterons en route pour prendre un café. Mais maintenant, il faut y aller ! À partir de maintenant, on s'appelle par nos prénoms, ainsi, nous resterons plus discrets.

Ils s'engouffrèrent à l'arrière de la voiture, Jacky entre eux. Tandis que le lieutenant Avril manœuvrait pour repartir, Marie-Anne demanda des nouvelles de la petite Solène.

– Elle va bien. Elle est contente de passer un peu de temps chez madame Vinte. Elle dit que c'est comme une mamie pour elle.

– Tant mieux ! L'une et l'autre ont beaucoup à apprendre de leur relation.

Jacques interrompit leur conversation pour conseiller à Sylvain de prendre par la Nationale.

– La police n'est pas assez riche pour nous offrir ce bout d'autoroute. Mais nous ne perdrons pas au change, nous allons longer la Loire.

Ils roulèrent un long moment en silence, admirant le paysage qui défilait sous leurs yeux, chacun perdu dans ses pensées.

– Le Maine est un affluent de la Loire, déclama soudain Jacques. Il est formé par la réunification de rivières importantes, la Mayenne, la Sarthe et le Loir...

Marie-Anne éclata de rire.

– Que vous arrive-t-il, chère madame ?

– Oh, rien, monsieur le professeur, rien.

– Heureusement ! Alors, Avril, ça va ?

– Pourquoi cela n'irait-il pas ?

– Pourquoi ?... Oui, pourquoi ? Vous voyez, chers amis, la vie est vraiment injuste. Je suis condamné à courir en permanence sur les routes, après les méchants, et vous, Avril, vous êtes bien au chaud dans un bureau. La vie est injuste !

– Ben, je fais bien partie de l'expédition, aujourd'hui, protesta le jeune lieutenant.

– Oui, justement ! Je me dis que maintenant que vous aurez goûté à la liberté, vous en redemanderez.

– Jacques, on arrive ! Le camp militaire est par là, s'écria Marie-Anne après plusieurs heures de route. Et ne distrais pas le conducteur, s'il te plaît. Vous, lieutenant, je vous en conjure, ne l'écoutez pas, ajouta-t-elle à l'adresse de Sylvain. Depuis qu'il a été nommé commandant, il déraille. Ne me regardez pas ainsi et faites attention où vous allez ! Il faut tourner à gauche, là... Hé ! Attention, le camion !...

Ils arrivèrent devant une maisonnette aux volets sombres et clos. Ils passèrent devant au ralenti.

– Notre ami Vincent doit habiter ici, déclara Marie-Anne en observant attentivement les lieux.

Une barrière fermait une petite cour et un jardinet qui n'était pas entretenu. L'endroit semblait désert, inhabité.

– Allons jusqu'à la prochaine maison, proposa Sylvain.

Il roula une cinquantaine de mètres avant de s'arrêter devant une modeste maisonnette.

– J'y vais avec Marie-Anne, décida Jacques en ouvrant sa portière.

Marie-Anne l'imita, aussitôt suivie par Jacky qui avait besoin de se dégourdir les pattes.

Ils sonnèrent à une porte d'entrée. Une dame aux cheveux gris, des lunettes lui tombant sur le nez, vint ouvrir et les étudia d'un regard curieux. Elle était vêtue d'une large blouse bleue qui l'enveloppait jusqu'aux mollets. Des pantoufles en forme de souris, cadeaux de petits-enfants supposa Marie-Anne, lui donnaient l'image d'une brave grand-mère.

– Bonjour, messieurs dame. Si vous êtes témoins de Jéhovah... commença-t-elle.

– Non, non, rassurez-vous, la renseigna immédiatement le commandant Vatier. Nous sommes de la police.

– La police ?...

– Oui. Pardonnez-nous de vous déranger, mais nous cherchons un certain Christian Vincent.

– Vous cherchez monsieur Vincent ? Si vous le trouvez, vous aurez de la chance, parce que ça fait huit jours que je ne l'ai pas vu ! J'ai du courrier pour lui. Il y a même une enveloppe marquée « Urgent ». Elle vient de Paris. Mais comme je vous dis, ça fait plus d'une semaine que je ne l'ai pas vu. Dites, il ne lui est pas arrivé quelque chose de grave toujours ?

– Pourquoi pensez-vous cela ? demanda Marie-Anne doucement.

– Ben... La police qui le recherche...

– Non, ne vous inquiétez pas. Nous avons seulement quelques questions à lui poser.

– Vous êtes très proches ? voulut savoir Marie-Anne.

– Bah ! Comme il est tout seul, je lui rends service. Je lui lave et lui repasse son linge.

– Vous n'auriez pas la clef de chez lui, par hasard, étant donné que vous semblez bien le connaître ?

– Ah non ! mais je sais qu'il la laisse parfois dans une cachette, à l'extérieur. Ne me demandez pas où, par contre !

– Vous avez des affaires lui appartenant ? Un habit ?

– J'ai là deux chemises et un pull-over que je dois lui laver, répondit la vieille femme avec un regard interrogateur. Pourquoi ?

– Ce petit chien est dressé pour retrouver des objets... ou les personnes, expliqua Marie-Anne.

– Mais alors, c'est un chien policier ?

– Eh oui, en quelque sorte ! Et il mord aussi les mollets des voleurs.

– Oh, Jacques ! protesta Marie-Anne. Tu vas le faire passer pour une terreur !

– C'en est une.

La romancière haussa les épaules.

– Je veux bien vous prêter un de ses vêtements, accepta la vieille femme. Je ne crois pas que monsieur Vincent me le reprochera. Vous savez, c'est quelqu'un de vraiment très aimable.

– Le pull, ce sera suffisant, madame, la remercia Marie-Anne. Nous vous le rapporterons bientôt.

Avec Jacques, et suivie d'un Jack qui n'en finissait pas de gambader joyeusement autour d'eux, elle fit à pied le chemin qui revenait à la maison de Christian Vincent, tandis que Sylvain effectuait un demi-tour avec la voiture pour les rejoindre.

Marie-Anne poussa le portillon du jardinet.

– Regardez bien ce qui va suivre, les gars, prévint le commandant Vatier en désignant le chien qui flairait le pull que sa maîtresse lui mettait sous la truffe.

– Cherche, Jack ! Il faut que tu trouves la clef.

Aussitôt, Jacky se déplaça en reniflant le sol. Il s'arrêta devant une grosse roche, flaira bruyamment, puis reprit ses recherches vers un tas de pierres sur lequel il se mit à gratter. Marie-Anne l'aida en soulevant l'une d'elles, recouverte à moitié par d'autres. Une clef était dissimulée là.

– C'est bien, mon chien, tu es le meilleur ! le félicita-t-elle en le caressant avant de s'emparer de l'objet qu'elle tendit à Jacques.

L'intérieur de la maison était proprement entretenu mais plusieurs indices suggérèrent aux enquêteurs un départ précipité de son hôte. Une assiette encore à demi pleine de pâtes était restée sur la table, ainsi qu'un pot de yaourt non ouvert, une pomme et un verre rempli d'eau. Ils découvrirent des papiers éparpillés dans une petite pièce faisant office de bureau. Le lieutenant Avril s'empara de l'un d'eux :

– Prendre route de Lyon, aller à Serezin – hangar – Hôtel Victor, lut-il à haute voix.

Quelques coups frappés à la porte d'entrée, auxquels succédèrent les aboiements de Jack, les interrompirent dans leur travail. Marie-Anne revint vers l'entrée ; elle se trouva nez à nez avec un homme en bleu de travail, la cinquantaine, l'air passablement inquiet.

– Madame… j'ai vu qu'il y avait du monde, alors je me suis arrêté… Il est mort ?

– Qui ?

– Ben… Mais Condo, bien sûr !

– Qui ? voulut lui faire répéter Marie-Anne. Condo ?

– Condo, l'ingénieur, le chercheur !

– Pourquoi pensez-vous qu'il ne soit plus de ce monde?

Jacques avait rejoint son amie.

– Eh bien, il a disparu depuis plusieurs semaines... Vous êtes sans doute des flics, présuma le nouveau venu en saluant le commandant. Moi, je suis journaliste.

– Vous êtes journaliste, vraiment? le toisa la romancière avec circonspection. Eh bien nous, si nous sommes des flics, on vous embarque. Mais... Je suis moi-même journaliste.

– Ne vous emballez pas, l'apaisa l'inconnu. Confirmez-moi seulement: Vincent a disparu à son tour, n'est-ce pas?

– De là à en déduire qu'un chercheur est mort!... Vous devez sûrement avoir des choses à nous apprendre.

– Commandant Vatier, se présenta Jacques, décidant d'intervenir. Vous nous montrez vos papiers, monsieur...? Votre carte professionnelle, je vous prie.

– Je n'ai rien à vous dire! répondit le bonhomme en se fermant aussi sec.

– Sans doute, mais peut-être serez-vous plus loquace au commissariat d'Angers?

– Hé! Doucement! Ça va, ça va... Je suis engagé par le labo pour lequel travaillait Condo jusqu'à il y a quinze jours... Avant qu'il ne leur fausse compagnie. Sans doute pour aller bosser chez un concurrent qui paye mieux. On m'a chargé de le retrouver.

– Et... monsieur Vincent?

– Je ne le connais pas... J'ai appris par le labo que lui aussi était à la recherche de Condo. Ils m'ont demandé de me renseigner à son sujet, mais je me demande s'il n'est pas flic, suggéra l'homme.

– OK... OK... lâcha Jacques, pensif.

Il réalisait soudain le rôle sous couverture de ce monsieur Vincent.

– OK, répéta-t-il, je vois. Mais nous ne connaissons toujours pas votre nom ?

– Je suis Julien Renard, détective privé engagé par les laboratoires Periot et Suire, sous couverture d'un employé à tout faire. Ils ont déménagé leurs locaux voici un mois. Ils en ont eu assez de se faire cambrioler. Quatre fois en quelques mois, vous imaginez ! J'ai aidé au déménagement. Que faut-il faire parfois !

– Je comprends.

Jacques échangea un regard avec Marie-Anne. Comme lui, elle écoutait et enregistrait, réfléchissant à toute vitesse. Louis les rejoignit.

– Du nouveau ? s'enquit-il.

– Nous ne sommes pas les seuls à rechercher monsieur Condo et monsieur Vincent, semble-t-il, lui apprit Jacques. Savez-vous où se trouve le nouveau site du laboratoire ? demanda-t-il au détective.

– Je n'ai pas le droit de vous le dire… En tout cas, les personnes que vous recherchez ne sont pas là-bas.

– « Les » ? fit Jacques en levant un sourcil.

– Ben, le professeur Condo et sa femme !

– Vous savez que son épouse a également disparu ?

– Oui. Et je pense qu'elle est partie pour le rejoindre. Où voudriez-vous qu'elle soit autrement ?

Il était évident qu'il ne connaissait pas tous les éléments de l'affaire et jouait la prudence pour n'en rien laisser paraître à ses interlocuteurs.

– Vous pouvez nous laisser votre carte ? Pour le cas où nous aurions des renseignements à vous communiquer…

– Oui, bien sûr, répondit le détective en fouillant d'une main dans ses poches et en désignant Jack de l'autre. C'est votre chien? Je l'ai vu à l'œuvre tout à l'heure. Il a du flair, le petit!

Il tendit sa carte de visite au commandant.

– Appelez-moi dès que vous aurez du nouveau, conclut-il.

– Nous en attendons autant de vous, répliqua l'enquêteur en lui donnant à son tour un numéro de téléphone où le joindre.

La visite du logement ne leur fournit guère d'autre piste que celle dénichée par le jeune lieutenant Avril.

Ils refermèrent la maison et se dirigèrent chez la vieille femme pour lui rendre le vêtement de Christian Vincent.

– À quoi penses-tu, Marie-Anne? Je te sens lointaine.

– J'observais Louis…

– Je te rappelle qu'il est marié et qu'il est trop jeune pour toi!

– Hum… Tu serais jaloux? Il faut convenir qu'il a de beaux yeux bleus et encore tous ses cheveux, lui! rit doucement Marie-Anne.

– Tu vas me payer ça! bougonna Jacques. Laisse-moi mijoter ma vengeance.

– Oui, mais en attendant tu ne connais pas un endroit où on mijoterait quelque chose à se mettre sous la dent? Nous pourrions demander à cette brave dame s'il n'y a pas une auberge dans les parages…

– Bonne idée, approuva Jacques en chargeant Louis Veneau de la commission.

Son téléphone sonna. C'était le commissaire Henry, à Nantes. L'échange fut bref.

– Nous rentrons à Nantes, annonça le commandant en rangeant son appareil.

– Nous ne filons pas vers Lyon, à l'adresse indiquée sur le papier? s'étonna Sylvain.

– Non, le commissaire a du nouveau pour nous. Le voyage à Lyon est reporté à lundi.

– De quoi s'agit-il ? voulut savoir Marie-Anne.

– Nous le saurons quand nous serons rentrés. Il n'a pas voulu me le dire au téléphone.

Louis Veneau, qui revenait avec le renseignement demandé, entendit les derniers mots. Il eut un petit sifflement de dépit.

– Nous prenons quand même le temps de déjeuner ? La vieille dame m'a parlé d'une auberge sur le bord de la Loire, en continuant un peu sur cette route…

– Eh bien, allons-y ! lança dynamiquement Jacques. Il commence à faire faim, c'est vrai ! Lieutenant Avril, vous prenez le volant ?

Suivant les indications de la vieille dame, ils découvrirent l'auberge située à quelques kilomètres seulement. L'endroit paraissait sympathique, offrant une vue sur le fleuve. Sylvain trouva sans peine une place pour se garer. À peine sa maîtresse eut-elle ouvert sa portière, que Jack bondit hors de l'habitacle pour se précipiter vers l'eau. Ses jappements attirèrent l'attention de la petite équipe qui s'apprêtait à franchir le seuil du restaurant. Ils le virent revenir tenant entre ses mâchoires un blouson de cuir.

– Ce n'est pas vraiment le moment de jouer, le réprimanda Jacques en ramassant le vêtement que le chien venait de poser à ses pieds.

– En tout cas, nous constatons qu'il sait qui est le chef, plaisanta Louis Veneau en s'esclaffant.

Un regard du commandant suffit à lui faire baisser la tête.

– Bien vu, insista Marie-Anne, complice du capitaine. Un chien très intelligent… mais je n'en doutais pas. C'est quoi, ce blouson ?

– Si cela ne vous ennuie pas, je propose que nous allions d'abord déjeuner. Nous regarderons cela après, décida Jacques en se dirigeant vers la voiture pour mettre le vêtement dans le coffre.

L'auberge dégageait une atmosphère chaleureuse et conviviale. Une hôtesse avenante les accueillit et Marie-Anne demanda si la présence de Jack ne dérangeait pas. Ils furent guidés jusqu'à une table près de la fenêtre, puis l'hôtesse leur porta la carte des menus. Tous optèrent pour le menu du jour composé de crudités et de filets de sandre à la fondue de poireaux.

Le repas se déroula dans la convivialité, chacun y allant de sa bonne humeur. Quand, alors qu'on leur apportait le café, l'aubergiste s'approcha de leur table pour leur demander s'ils étaient satisfaits, Jacques le remercia.

– Peut-être avez-vous parmi vos clients un certain monsieur Vincent ? lança-t-il à tout hasard.

– Oui, tout à fait, admit celui-ci. Vous êtes de la police ? Votre ceinturon…

– De Nantes, en effet, répondit Jacques.

– Et vous êtes à la recherche de monsieur Vincent ? Je le connais, oui. Il vient régulièrement dîner et nous causons un peu. C'est un homme d'agréable compagnie, représentant de métier d'après ce que j'ai compris. Bien sûr, je ne me serais jamais permis de lui poser directement la question ! Discrétion oblige. Mais ça fait une bonne semaine qu'on ne l'a pas vu. J'estime cet homme. Je serais vraiment navré qu'il lui soit arrivé quelque chose de déplaisant. Permettez-moi de vous offrir ce repas, c'est de bon cœur.

Apparemment, Christian Vincent ne s'était pas davantage lié au commerçant que ce que ne l'exigeait leur relation. L'équipe d'enquêteurs prit congé de l'aubergiste en le remerciant de sa coopération et en l'assurant qu'elle reviendrait déguster une si bonne cuisine.

Revenu à la voiture, Jacques récupéra le blouson dans le coffre et, le visage imperturbable malgré sa répugnance, entreprit d'en faire les poches. Il extirpa de l'une d'elle un magma de tabac et papier détrempé qui vraisemblablement provenait de cigarettes ou de mégots. De mégots, estima Marie-Anne. Des cigarettes seraient encore dans un paquet.

– Ce blouson appartenait à un clochard…

– Possible, acquiesça le commandant. L'un de vous a-t-il un couteau sur lui ? demanda-t-il en tâtant la doublure, intrigué.

Louis fouilla dans la poche de sa veste et en sortit un élégant petit Opinel qu'il déplia avant de le tendre à Jacques qui, sans ménagement, entailla la doublure. Il plongea la main à l'intérieur et en sortit un portefeuille dont le plastique n'avait pas suffi à protéger les papiers qui y étaient logés. Délicatement cette fois, Jacques essaya de lire l'encre délavée.

– Tu vois bien comme moi ? demanda-t-il à Marie-Anne qui se pencha vers lui.

– Christian Vincent… lut-elle à son tour.

– De deux solutions : soit il lui est arrivé quelque chose, soit il se savait en danger et a donné son blouson à un clochard dont la chance se sera arrêtée là, émit Jacques. Je pencherais plutôt pour cette hypothèse… à cause des mégots. Avant de retourner à Nantes, nous nous arrêterons à la morgue de l'hôpital d'Angers. Peut-être ont-ils un noyé sans identité… Inutile de nous faire davantage remarquer dans le coin. Partons.

Chapitre 5

– Ce Christian Vincent s'est fourré dans une belle affaire! lança Jacques. Le commissaire m'a appris qu'il faisait partie des nôtres, il est capitaine. C'est un homme qui a déjà une belle carrière de flic derrière lui et beaucoup d'expérience. Il a le don de résoudre les affaires difficiles, et la réputation d'être un homme discret, qui agit sans se faire remarquer. Apparemment, il s'adapte à n'importe quelle situation, un vrai caméléon à ce que l'on m'a dit... Je l'imagine bien échangeant ses vêtements avec un clochard pour passer incognito devant celui ou ceux qui le poursuivaient.

– Quel homme! J'aurais tout de même hésité à sa place... L'odeur de ce manteau est si répugnante, et je pense que son séjour dans le fleuve n'a rien arrangé, remarqua Marie-Anne.

– Le commissaire m'a bien prévenu, c'est le genre de personne avec laquelle il faut s'attendre à tout.

– Mais s'il est si courageux et efficace, pourquoi n'est-il que capitaine?

– S'il détenait un grade plus élevé, ses supérieurs n'oseraient pas l'envoyer sur les missions les plus risquées. Vincent n'est pas intéressé par de nouvelles promotions, tout ce qu'il désire, c'est être sur le terrain. C'est un homme d'action, répondit Jacques, c'est sa vie, il ne veut rien d'autre.

– Sa famille ?

– Il n'en a plus.

– Jacques, que savez-vous d'autre sur lui ? demanda Louis Veneau.

– Pas grand-chose. C'est un homme courageux, dévoué à sa profession et ne vivant que pour elle. Le commissaire n'a pas voulu m'en dire plus, il m'a simplement fait comprendre que Vincent courait un grand danger. Des hommes sont à ses trousses et veulent sa peau, mais pour cette fois, il a été le plus malin et c'est ce pauvre SDF qui en a subi les conséquences…

– Mais pourquoi essaie-t-on de l'éliminer ? interrogea Avril.

– C'est sûrement en rapport avec la disparition des Condo, répondit Louis.

Le reste du trajet s'effectua en silence. Chacun méditait sur les nouveaux éléments de l'enquête, particulièrement sur le rapport fourni par le médecin légiste. Le pauvre homme qui avait revêtu les vêtements de Christian Vincent avait une soixantaine d'années, et il avait été tué d'une balle dans le dos avant d'être jeté dans la Loire. Cela faisait maintenant cinq jours que l'incident s'était produit, et personne n'était venu réclamer le corps du défunt.

Encore un de ces hommes sans attache, coupé du monde, dont personne ne remarque la disparition, pensa Jacques.

Dans ses poches, la police avait retrouvé une vieille carte d'identité à moitié déchirée, sur laquelle figurait un nom délavé par le temps. René Jean. Il était né à Saumur, mais la recherche de quelques proches dans la ville n'avait apparemment rien donné.

Ils arrivèrent au poste de police de Nantes quelques heures plus tard. Le commissaire les accueillit, l'air soucieux.

– Comme je l'ai expliqué à Jacques, notre disparu Christian Vincent est un de nos hommes… Le capitaine Vincent. J'ai donné ordre à la PJ d'Angers de chercher des indices chez lui, peut-être pourra-t-on en savoir un peu plus. Nous attendons maintenant de voir s'il refait surface. Le commandant de la PJ suit l'affaire de près. Il m'a précisé que Christian Vincent cherchera probablement à vous contacter, puisqu'il est au courant que vous travaillez sur l'affaire. Je compte sur vous pour lui faciliter les choses et exécuter ses ordres. Pour sa sécurité personnelle, il ne se manifestera pas sous son vrai nom et vous ne pourrez le rencontrer. Soyez donc vigilant, car nous ne savons ni quand ni comment il vous abordera. Cette affaire est plus grave que nous ne le pensions, tous ces enlèvements ont un but bien précis que nous devons saisir. Soyez prudents, et vous, madame, pas de décision ou d'actes irréfléchis, compris? Les vies des disparus dépendent de notre efficacité. Maintenant, nous attendons de voir. Nous aurons plus de précisions dès demain, mais une chose est certaine: vous devrez sûrement quitter Nantes pour un certain temps. Lieutenant Avril, désirez-vous que je vous fasse remplacer, car votre femme risque de trouver le temps long, non?

– Non, commissaire, je désire partir avec eux.

– Très bien. J'espère que vous vous réjouissez de la présence de Marie-Anne et de son chien dans l'équipe?

– Oh oui, commissaire! Que ferions-nous sans Jacky? rétorqua Vatier d'un air malicieux.

– Merci pour moi! s'exclama Marie-Anne en riant.

– Madame, je vais vous fournir un certificat en bonne et due forme vous désignant auxiliaire de police et vous autorisant à travailler avec Jack. Étant donné vos prouesses réalisées dans le Jura, le procureur de la République n'y verra aucun inconvénient.

Un jour gardien de police, le lendemain auxiliaire, ils ne savent plus à quelle sauce me manger! se dit Marie-Anne, un sourire au coin des lèvres.

– Merci, monsieur le commissaire, répondit-elle malgré tout.

– Mais attention, n'assommez pas les gens avec votre bâton! Et Jack, qu'il ne s'attaque pas aux mollets du premier venu…

Tous éclatèrent alors de rire, sauf le lieutenant Avril qui ne comprenait plus rien.

– Plus tard, nous t'expliquerons ce qui s'est passé dans le Jura, lui glissa Jacques avant de se lever pour prendre congé.

Une fois rentrée chez elle, Marie-Anne se laissa lourdement tomber au fond de son canapé. Cette enquête l'épuisait et elle se demandait bien ou tout cela allait les mener. Titi, qu'elle avait récupéré chez sa voisine, vint se lover tendrement dans le creux de ses bras, cherchant à lui apporter un semblant de réconfort.

– Heureusement que je vous ai tous les deux, murmura-t-elle pour elle-même.

Marie-Anne soupira lentement, cherchant à chasser le malaise persistant qui s'était emparé d'elle depuis sa visite à la morgue.

Cette histoire compte déjà un mort. Comment éviter qu'il y en ait d'autres? se demanda-t-elle. Et puis, le fait que Christian Vincent appartienne à la police l'avait profondément troublée. Quelle surprise! Qu'allaient-ils encore découvrir?

Elle jeta un œil sur la pendule murale et se dit qu'il était encore temps d'appeler Jacques.

Peut-être pourra-t-il m'aider à y voir un peu plus clair ? pensa-t-elle.

Marie-Anne eut l'impression qu'une éternité se passait avant que Jacques ne décroche enfin.

– Désolé, j'étais sous la douche, s'excusa-t-il.

Elle leva les yeux au ciel, et lança tout de go :

– J'ai un drôle de pressentiment pour cette affaire.

– Pourquoi dis-tu cela ? répondit-il en se frictionnant la tête.

– Je pense que quelqu'un essaie de brouiller les pistes, mais je ne sais pas qui. Ce détective, qui s'est tout d'abord présenté comme étant journaliste, je ne le sens pas.

– Oh, toi, tu n'es pas dans ton assiette. Arrête de ressasser cette histoire et essaie de te détendre un peu, veux-tu ? Laisse-moi le temps d'enfiler une tenue décente et ensuite je passe te voir. Ça te dit ?

Jacques aurait bien aimé rester un peu seul pour revoir chaque élément à tête reposée avant de reprendre l'enquête, mais il sentait que Marie-Anne avait besoin de lui.

– Merci, souffla-t-elle avant de raccrocher.

Marie-Anne se réveilla en sursaut lorsque l'on sonna à la porte d'entrée. Elle s'était assoupie dans le canapé, et entre-temps la nuit était tombée, si bien que la pièce était plongée dans la pénombre. Elle se frotta vigoureusement les yeux dans l'espoir de chasser le sommeil, puis se leva péniblement pour aller ouvrir.

– Tu es déjà là ? lança-t-elle à Jacques qui se tenait sur le pas de la porte.

– Comme je te l'ai dit, je suis venu aussi vite que possible, répondit-il en pénétrant dans le vestibule. Mais il fait nuit noire ici! Tu cherches à faire des économies d'électricité?

– Je me suis endormie et je n'ai pas vu la nuit tomber, expliqua-t-elle en allumant une lampe à côté du canapé.

La pièce fut aussitôt réchauffée par une douce lumière, dessinant des ombres mouvantes sur les murs.

– Je ne suis pas habituée à tant d'émotions, tu sais. Mon quotidien en est quelque peu bouleversé… Tiens, je vais nous préparer un thé bien chaud, ça m'aidera sûrement à me réveiller. En attendant, fais comme chez toi, j'en ai pour deux minutes.

Marie-Anne s'affaira quelques instants dans la cuisine avant de réapparaître avec un plateau sur lequel elle avait disposé deux tasses de thé fumantes, ainsi qu'une assiette de petits gâteaux.

– Je suppose que tu n'as pas encore dîné et moi non plus. Cela fera donc office de petit en-cas, dit-elle en riant.

– Tu es merveilleuse! déclara Jacques. J'aime lorsque tu t'occupes de moi…

– Je me suis toujours occupée de toi, rétorqua Marie-Anne.

– Oui, et j'apprécie toujours autant, murmura-t-il. Bon, et si tu me racontais maintenant ce qui te chiffonne.

– Rien, j'essaie juste de comprendre comment les choses ont pu se dérouler. Je me suis dit que la personne qui a cherché à assassiner Vincent n'est pas forcément inconnue. Ce peut aussi être quelqu'un que Vincent connaissait et qui avait l'habitude de le voir porter ce blouson. Comme ce soi-disant détective Jules Renard, par exemple! Qu'en penses-tu?

– Tu fais fausse route, Marie-Anne. Je me suis renseigné sur Renard, et il a bien été embauché par les laboratoires Periot et Suire afin de retrouver Condo.

Jacques prit la main de Marie-Anne.

– Le commissaire m'a appelé tout à l'heure pour me dire que l'on avait découvert un deuxième cadavre. Un homme tué lui aussi d'une balle dans le dos, puis jeté dans la Loire… On l'a retrouvé à une quinzaine de kilomètres de l'auberge. Il a été tué avec la même arme que celle utilisée pour le SDF. Entre ces deux crimes, tout concorde, à un détail près. Le corps que l'on vient de retrouver était complètement nu.

Marie-Anne était devenue blafarde.

– Sommes-nous sûrs que ce deuxième corps n'est pas celui de Christian Vincent ?

– Oui, le commissaire s'en est assuré.

– Mais pourquoi un deuxième meurtre ?

– Le meurtrier s'est peut-être aperçu qu'il s'était trompé de personne, mais il s'est fait blouser une deuxième fois. Vincent lui a filé entre les doigts, et lui, il a tué deux innocents.

– Donc, Vincent est encore en vie.

– Oui, il va sûrement diriger son enquête vers les laboratoires qui employaient Condo.

Un long silence s'ensuivit.

– Jacques, à quoi penses-tu ?

– Et si je restais avec toi, ce soir ? Je n'ai pas envie de te laisser seule. Je pourrais dormir sur le canapé, qu'en dis-tu ?

– Le canapé, mais bien sûr…

Jacques prit un air affecté :

– Je suis un homme d'honneur, ma chère !

– Tu n'as donc aucune idée derrière la tête ? questionna Marie-Anne, plutôt sceptique.

– Non ! Je ne suis plus l'adolescent maladroit que tu as connu, je suis aujourd'hui plein de nobles intentions !

– Bizarrement, je n'arrive pas à y croire, gloussa-t-elle.

– Allez, je suis sûr que tu as envie que je reste, insista-t-il.

– Comment peux-tu en être si sûr ?

– C'est écrit dans tes yeux…

– Dans mes yeux ? Voyez-vous ça. Arrête ton numéro de séducteur, Jacques, et rentre vite te reposer pour être en forme demain.

– Tu me mets à la porte ?

– Oui et non. Ce n'est pas le moment de nous laisser submerger par les sentiments, nous avons une enquête à mener. Ne nous dispersons pas, veux-tu ?

– C'est vrai, tu as sans doute raison.

La porte claqua. Marie-Anne éclata en sanglots, elle l'aimait. Son petit compagnon vint se frotter le long de ses jambes, elle se pencha sur lui, le serra fortement contre elle, l'embrassa.

– Allez, viens dîner, tu es là près de moi, ne sois pas jaloux, je t'aime aussi.

Elle guetta le bruit de la voiture qui s'enfonçait dans la nuit. Une larme roula silencieusement le long de sa joue. Dieu, qu'elle aimait cet homme ! Et ce depuis si longtemps, pourquoi s'était-elle toujours évertuée à repousser ses avances ?

Elle sentit une langue mouillée lui lécher la main. Elle baissa les yeux et son regard se posa sur Jack qui l'observait d'un air interrogateur, la tête à demi inclinée.

– Ne t'inquiète pas, mon beau, tout va bien, murmura-t-elle. Avec toutes ces histoires, je ne t'ai même pas donné ton repas du soir, s'excusa-t-elle.

Elle se pencha alors vers lui, le caressa et l'embrassa, puis se leva pour aller le nourrir.

Un chagrin d'amour à mon âge, il ne manquait plus que cela, pensa Marie-Anne en posant la gamelle de Jack à ses pieds. Tu es vraiment stupide, ma pauvre fille !

Elle observa son chien en train de manger et la pensée qu'il était là, près d'elle, la consola quelque peu.

Marie-Anne eut soudain envie de sortir prendre l'air. Aussi enfila-t-elle un chaud manteau, appela Jack, et tous deux quittèrent la maison. Les lumières de la ville teintaient le ciel d'une couleur orangée, et le fond de l'air était particulièrement frais. Marie-Anne inspira profondément plusieurs fois, et elle sentit peu à peu le calme et la sérénité reprendre le dessus. Jack trottinait tranquillement à ses côtés, lorsqu'il s'arrêta brusquement et se mit à grogner, les yeux rivés sur un renfoncement plongé dans la pénombre, à seulement quelques pas. Inquiète, Marie-Anne essaya de calmer son chien tout en s'approchant de l'endroit obscur afin de découvrir ce qui causait une telle frayeur à Jack. Elle se trouva soudain nez à nez avec un clochard.

– Bonsoir m'dame, vous n'auriez pas une p'tite pièce par hasard?

Troublée, Marie-Anne mit un long moment avant de répondre.

– Euh… si, bien sûr.

Elle fouilla au fond de ses poches et tendit deux euros au malheureux. L'homme prit l'argent puis lui saisit le bras.

– Écoutez-moi bien, demain matin à dix heures, vous et votre ami le commandant vous rendrez au Jardin des Plantes, gare du Nord. Rejoignez-moi au bout de l'allée, sur le dernier banc. C'est compris?

– Qu'est-ce que cela veut dire, monsieur? demanda Marie-Anne en dégageant son bras.

– Écoutez, j'ai besoin de votre aide, je ne veux pas finir comme les autres à Angers… Alors, je vous en prie, aidez-moi! D'ici là, faites bien attention à vous, ajouta l'homme avant de disparaître dans la nuit.

Marie-Anne se hâta de rentrer chez elle, ferma la porte à double tour et s'empara du téléphone. Fébrile, elle composa le numéro de Jacques qui décrocha aussitôt. Marie-Anne lui relata ce qui venait de se passer, et conclut :

– Nous devons donc être là-bas demain matin à dix heures.

Jacques, qui l'avait écoutée en silence, répondit d'une voix lasse :

– Écoute, Marie-Anne, que tous les SDF de la ville soient pris de panique, je peux le comprendre, mais en attendant, mon boulot est de retrouver l'assassin, pas de faire le tour de la ville pour les rassurer un à un, d'accord ? Maintenant, je te conseille d'aller te coucher et de ne plus sortir à des heures pareilles.

Gênée, Marie-Anne s'excusa, lui souhaita une bonne nuit et reposa le combiné. Le ton autoritaire de Jacques lui avait fait perdre son assurance, et elle se demandait maintenant si elle n'avait pas accordé un peu trop d'importance aux paroles de cet homme qui sentait l'alcool à plein nez.

Le lendemain matin ils se retrouvèrent tous au commissariat, à l'exception de Jacques qui manquait à l'appel.

– Il a téléphoné pour prévenir qu'il avait rendez-vous chez le dentiste, expliqua Louis. Il n'arrivera pas avant onze heures. En attendant, nous devons nous dépêcher, le commissaire nous attend dans son bureau.

Une fois que tout le monde fut installé, le commissaire prit la parole :

– Mes amis, dès cet après-midi, vous vous rendrez à Saint-Joachim. J'espère que vous trouverez sur place une piste intéressante. Maintenant, rentrez chez vous pour vous préparer, car vous risquez d'être absents durant plusieurs jours.

En début d'après-midi, tout le monde était prêt pour prendre la route. Pendant que Louis conduisait, Jacques se fit le devoir d'expliquer en détail ce qui les attendait:

– Nous allons vers la Brière, un lieu enchanteur. La route qui relie Fredun à Saint-Joachim traverse des marais privés, où se trouvent deux ponts. Le pont des Martins, qui enjambe la curée de Ferun, et un second qui passe sur la curée de Pandille. C'est sur cette île très allongée que s'est établie Saint-Joachim, une grosse bourgade avec de nombreux commerçants. Sur ces terres, vous découvrirez des chaumières restaurées. Nous devons passer tout ce secteur au peigne fin. Peut-être trouverons-nous une piste qui nous conduira à Lyon, vers les laboratoires Periot et Suire. J'ai avec moi des affaires portées par le couple de chercheurs peu avant leur disparition. Nous comptons évidemment sur Jacky pour nous permettre de découvrir si eux aussi ont mis les pieds à Saint-Joachim.

Sylvain répliqua:

– Qu'est-ce qui vous laisse penser qu'ils sont allés à Saint-Joachim?

– Ce n'est pour l'instant qu'une hypothèse, répondit Vatier. C'est pourquoi nous partons ensemble à la recherche d'éléments concrets.

Louis ralentit soudain et s'arrêta sur le bord de la route.

– Prenez le volant, Sylvain, c'est à votre tour de conduire.

– Volontiers, mais à la condition que tu me tutoies… Nous sommes coéquipiers aujourd'hui!

– Bien vu! s'exclama Jacques.

Ils se sentirent soudain étrangement bien tous ensemble, bercés par le sentiment agréable de former une équipe.

Après plusieurs heures de route, on devina soudain au loin les toits de chaume des premières chaumières.

– Par où commençons-nous? Par le bourg? interrogea Marie-Anne.

– Oui, c'est une bonne idée, acquiesça Vatier.

Ils se garèrent et entreprirent la tournée des commerces. Mais le début de leurs recherches demeura infructueux. Les commerçants n'avaient rien remarqué d'inhabituel durant les dernières semaines, pas même un étranger venu faire ses courses au village. La photo qu'ils possédaient des Condo ne les aida pas davantage, personne n'avait vu le couple à Saint-Joachim.

– Faisons du porte-à-porte, proposa Avril, peut-être qu'une mamie qui passe son temps postée à la fenêtre aura remarqué quelque chose.

– C'est une bonne idée, enchaîna Veneau, d'autant plus que ce sera vite fait, étant donné qu'une bonne partie des maisons semblent inhabitées.

– Ce sont peut-être simplement des maisons appartenant à des vacanciers, suggéra Marie-Anne, il doit faire bon vivre à Saint-Joachim durant l'été!

Ils commencèrent à arpenter la rue le long des marais, lorsqu'ils aperçurent une vieille dame sortir d'une maisonnette, un balai à la main.

– Allons la voir, proposa Vatier.

– Bonjour madame, commença Marie-Anne, nous recherchons des amis, mais il n'est guère facile d'avoir des renseignements ici, car presque toutes les maisons sont fermées.

– Mais madame, la période estivale n'a pas encore commencé! Vous savez, je vis ici depuis trente-cinq ans et je peux vous dire que Saint-Joachim n'est jamais plus calme qu'à ce moment de l'année. Qui recherchez-vous exactement?

Vatier lui tendit la photo représentant le couple Condo.

– Avez-vous déjà vu ces personnes, madame ?

La vieille réfléchit un moment avant de répondre :

– Le bonhomme, je l'ai déjà vu, mais pas la femme, ça, j'en suis certaine. Il habitait ici, dit-elle en montrant le bout de la rue, deux maisons plus loin. Il est resté une semaine et puis un beau jour il a disparu, embarqué par les autres !

– Ils étaient plusieurs ? demanda Avril.

– Oui, en plus de lui, il y avait deux autres messieurs et une dame.

– Sont-ils partis il y a longtemps ? questionna Veneau.

– Laissez-moi réfléchir. Ils sont arrivés au début du mois et sont repartis vers le 7 octobre. Une semaine tout pile, comme je vous l'ai dit !

– Sauriez-vous nous dire quel âge ils avaient ?

– Elle, environ trente ans, les deux hommes, quarante à cinquante ans. Votre monsieur, il ne sortait presque pas, il était bien maigre, sûrement qu'il était malade. Des fois, je les entendais là-dedans, ils parlaient fort, comme s'ils se chamaillaient. Parfois, j'entendais celui qui était malade en train de chanter *Sur le pont de Nantes, il y a trois reines...* Je connais la chanson, et y a pas trois reines ! La dame lui criait *Taisez-vous !* Je crois qu'il était un peu simplet, votre ami, non ? Un jour, il est sorti s'asseoir sur le banc de pierres, dans le jardin. Elle est venue le chercher et elle n'était pas contente, elle l'a disputé. Lui, il a rien dit.

– Le facteur passait chez eux ? demanda Marie-Anne.

– Non, ils allaient à la poste de Saint-Joachim, mais ils ne faisaient pas leurs courses dans le bourg.

– Lorsqu'ils sont partis, vous les avez vus ? interrogea Vatier.

– Ah, que oui! Ils ont mis trois jours à tout déménager en voiture! Il y avait un tas de gros cartons. La dame est partie la première, et le chauffeur, l'autre, il est resté avec le monsieur que vous cherchez. Ils sont partis le lendemain.

– Les voitures, vous ne connaissez pas leurs plaques d'immatriculation?

– Ah dame, ça non! Une c'était 49, l'autre 75. C'est tout. Il faisait nuit lorsqu'ils sont partis. Le type un peu simplet, on lui avait mis un sac sur la tête. Vous savez, moi, tout ça, ça ne m'a pas rassurée, alors je me suis rentrée.

– Vous savez à qui appartient la maison?

– Elle est louée par l'agence Berteau. Le type de l'agence est venu me chercher après leur départ pour me montrer l'intérieur de la maison. C'était sale! Si sale! À croire qu'ils n'avaient pas fait le ménage une seule fois. Si vous voulez mon avis, la p'tite dame, ce ne devait pas être une fée du logis!

– Merci, madame, vous nous avez beaucoup aidés, conclut Vatier.

– Hé, dites-moi, vous ne seriez pas de la police par hasard? Vous me posez des questions comme les flics à la télé!

– Soyez rassurée, nous ne sommes que quelques touristes à la recherche de vieux amis. Au revoir, madame, au plaisir.

– Mmm… Si vous les retrouvez, vous leur direz qu'ils auraient pu venir me dire au revoir avant de partir.

Elle chercha soudain autour d'elle:

– Mais, où sont la dame et le chien? Je suis sûre qu'ils sont allés se balader dans le jardin dont je vous ai parlé. Il est si grand, parfait pour un toutou!

Effectivement Marie-Anne n'avait pu s'empêcher de s'éloigner du groupe pour mener seule son inspection.

Elle voulait que Jack sente les lieux, au cas où... Éberluée, elle l'observa se diriger vers le banc de pierres. Condo avait dû s'y asseoir souvent.

Après en avoir fait plusieurs fois le tour, elle découvrit une inscription gravée dans la pierre à l'aide d'un objet pointu : S.O.S. C_NORD. Elle la prit en photo sous différents angles.

Ils ne sont pas partis à Lyon, mais quelque part vers le nord, pensa-t-elle.

Vatier apparut soudain à ses côtés :

– Qu'est-ce que tu fabriques encore ? Nos découvertes ne t'intéressent pas ?

– Bien sûr que si. Jack avait seulement besoin de se dégourdir un peu les pattes.

– Bon, nous en avons beaucoup appris. Retournons avec les autres, nous n'allons pas tarder à aller déjeuner.

Ils redescendirent ensemble la rue jusqu'à la voiture.

Pendant que Sylvain Avril cherchait les clés, Marie-Anne se mit à tousser.

– Tu as pris froid ? C'est humide par ici.

– Non, j'ai juste un peu mal à la gorge. Racontez-moi. Qu'avez-vous appris ?

Ses compagnons n'eurent pas le temps de répondre, qu'elle fut prise d'une nouvelle quinte de toux.

– On ferait mieux de passer à la pharmacie, insista Jacques, l'air soucieux.

– Mais non, tout va bien, je t'assure, répliqua-t-elle. Regarde plutôt ça !

Elle lui tendit son appareil photo numérique.

– Lorsque la vieille dame a mentionné ce jardin, je n'ai pu m'empêcher d'aller y jeter un coup d'œil. Et voilà ce que Jack a trouvé !

En voyant le message gravé sur le banc de pierres, Jacques s'exclama :

– Voilà qui change tout! J'ai entendu dire que les Condo travaillaient aussi dans un laboratoire dans le Nord. Madame Condo doit être là-bas. Vincent avait donc raison.

– Quoi? s'exclamèrent les trois autres en chœur.

– Oui, Vincent est entré en contact avec le commissaire et celui-ci m'a tenu dans le secret. Vincent sait que nous travaillons sur cette affaire et il a besoin de notre aide. Le commissaire m'a averti qu'il entrerait en contact avec nous à Saint-Joachim. Nous devons donc rester sur place et attendre qu'il se manifeste.

– Et bien sûr, cela ne t'est pas venu à l'esprit de nous en parler plus tôt? reprocha Marie-Anne.

– J'aurais aimé le faire, mais le commissaire m'a conseillé d'attendre d'être sur place.

– Très bien, et que se passe-t-il maintenant? Nous attendons qu'un homme que nous ne connaissons pas entre en contact avec nous?

– J'ai une proposition à vous faire, nous allons déjeuner et nous reprendrons ensuite cette discussion à tête reposée. D'accord?

Personne ne répondit. Jacques leur avait caché une information capitale, ils se sentaient trahis.

Finalement, la faim l'emporta sur le reste, et tous décidèrent d'aller déjeuner. Non loin du bourg, ils dénichèrent une charmante petite auberge. L'intérieur rustique et la décoration insolite leur plurent immédiatement et contribuèrent à détendre quelque peu l'atmosphère.

Au milieu du repas, Jacques quitta la table:

– Excusez-moi, mes amis, une envie pressante…

Personne n'y prêta attention, la bonne humeur avait enfin regagné le petit groupe et la discussion allait bon train. À la fin du repas, plus copieux qu'il n'aurait dû l'être, Jacques proposa une balade en barque à ses co-équipiers.

– Vous verrez, c'est magnifique. Sur l'un des canaux, l'on peut voir les prairies qui sont recouvertes par les eaux au milieu de l'hiver. Vous pourrez admirer les roseaux, les joncs... Une légende raconte que des nains et des petits sorciers vivent au milieu des roseaux, à l'abri des regards.

– Qu'est-ce qu'il raconte ? ronchonna Veneau.

– Cela cache quelque chose, affirma Avril.

– N'essaie pas de nous amadouer, avertit Marie-Anne. Nous acceptons simplement la balade pour faire durer ce doux moment de détente !

– Alors, allons-y, reprirent les trois autres.

Ils se dirigèrent donc tranquillement vers l'embarca-dère où quelques barques attendaient le visiteur.

– Madame, messieurs, une promenade ?

S'il vous plaît. Combien de temps dure t elle ? demanda Jacques.

– Une bonne heure, monsieur, si vous le désirez.

– Vous partez à quelle heure ? s'informa-t-il.

– Maintenant. Nous avons déjà une barque sur ce canal. Un original ! Il a voulu partir seul. Sans doute le croiserez-vous. Entre nous, il a l'air d'un sorcier...

– Ah ! C'est reparti... les nains et les sorciers, ron-chonna Veneau.

L'homme lança un regard interrogateur, signifiant qu'il ne comprenait pas grand-chose.

– Allez, embarquez, y compris le toutou ! finit-il par conclure.

Le cerveau d'Anne-Marie cogita soudain à toute allure. L'homme venait de parler d'un original, un sor-cier... Jacques avait quitté la table en plein milieu du repas, prétextant un besoin urgent... Je mettrais ma main à couper qu'il a reçu un appel du commissaire l'avertissant que nous devions rencontrer Vincent sur le canal. Vincent et le sorcier ne font qu'un, j'en suis sûre, pensa-t-elle.

Elle éclata alors de rire. Le batelier l'observa bizarrement, et remarqua d'un ton compatissant :

– Au moins, madame est heureuse… Mais elle a bien raison ! Vous allez faire un voyage merveilleux, peut-être rencontrerez-vous des fées, à défaut de ce sorcier.

Marie-Anne se plongea ensuite dans la contemplation du paysage. Quelle beauté, quel enchantement, et cette odeur qui venait du fond du cours d'eau était envoûtante ! Dieu, que la nature est belle ! pensa-t-elle.

La barque glissait doucement sur la surface lisse de l'eau. Soudain, le batelier plongea sa rame au fond des eaux, et remua la vase. Il alluma ensuite son briquet au-dessus de l'eau et une flamme magnifique en surgit. Les gaz du marais fêtaient leur passage.

Il fit alors un geste du bras, désignant l'horizon :

– Tenez, regardez, je ne vous mentais pas, voici le sorcier, seul dans sa barque !

Il était là, au détour des grands arbres qui bordaient la berge.

– Regardez, lui aussi fait naître le feu de l'eau !

Le batelier accéléra la cadence et rattrapa le sorcier.

– Bonjour, monsieur ! s'exclama Marie-Anne. Vous veillez sur les animaux de ces lieux ?

– En effet, et même sur les hommes. Vous tombez bien, j'ai pour vous un petit tour de magie, regardez. Rien dans les mains, rien dans les poches, soufflez sur mes mains, ordonna-t-il à Marie-Anne.

Elle s'exécuta.

– Regardez dans ma main droite, un joli cœur rouge. Prenez-le et gardez-le précieusement, vous penserez plus tard à celui que l'on surnomme le sorcier. Un homme qui en vérité se trouve bien seul. Vous avez la chance d'avoir votre ami, dit-il en se tournant vers Jacques.

– Vous vous prénommez Jacques, n'est-ce pas ? Prenez ce joli cœur, vous en aurez sûrement besoin, ajouta-t-il. Batelier, en route, conduisez mes amis ! Bonne promenade à tous et surtout soyez prudents, très prudents…

La barque du sorcier s'éloigna et disparut à un détour du marais. Avril et Veneau restèrent silencieux, ils ne comprenaient pas vraiment ce qui venait de se passer, ni l'importance de cette étrange rencontre.

Jacky, lui, se souvenait de la maison de Vincent, de la clef qu'il avait trouvée sous les pierres, et de l'odeur de l'homme qui était étrangement identique à celle du sorcier. Il avait voulu s'approcher, pour mieux le sentir, mais Marie-Anne l'en avait empêché.

De retour sur la terre ferme, Jacques déplia le cœur sur lequel était inscrit Maubeuge en lettres capitales. Discrètement, il le tendit à Marie-Anne qui s'empressa de le cacher dans son soutien-gorge. Elle décida qu'elle le garderait ainsi, après avoir effacé le nom de la ville, écrit au crayon gras.

– Nous allons nous diriger vers Vannes pour y passer la nuit. Dès huit heures demain, nous prendrons la route vers le nord de la France, annonça Jacques. Nous suivrons le SOS de Condo.

En route, ils tombèrent par hasard sur une auberge où l'on faisait des grillades au feu de bois. Ils décidèrent de s'y arrêter, le cadre était plaisant.

Avant de passer à table, Marie-Anne décida de faire un petit tour avec Jack. Cette route de campagne déserte était une aubaine pour le chien qui avait grande envie de cavaler follement.

Chapitre 6

À huit heures le lendemain matin, tous étaient sur le pied de guerre, prêts à partir. Le commandant les informa qu'il avait reçu un appel du commissaire. Aujourd'hui, ils prendraient la direction de Chartres, où ils devaient rencontrer un homme de Vincent qui se faisait passer pour un garagiste, pour ensuite terminer leur course à Maubeuge…

Ils arrivèrent à Chartres en fin de matinée, et se rendirent dans un garage à Lucé, dans la banlieue de Chartres.

– C'est sûrement celui-là sur la droite ! s'exclama Sylvain.

– Affirmatif, c'est le nôtre, répondit Jacques. Allez, tout le monde descend… Toi aussi, Jacky, dit-il au chien qui dormait, confortablement installé sur la banquette arrière.

Un homme apparut soudain, comme surgi de nulle part.

– Messieurs dame, bonjour ! Je vous attendais.

– Bonjour, monsieur, répondit Vatier.

– C'est qui, celui-là ? souffla Avril à l'oreille de Veneau qui lui répondit par un haussement d'épaules.

– Vincent m'a prévenu de votre arrivée, dit l'homme, je vous attendais avec impatience. Une princesse, accompagnée de ses trois chevaliers, m'a-t-il dit... Sans oublier le chien, bien sûr ! Allez, entrez vite !

Il les guida jusqu'au fond du garage, et ouvrit une porte qui donnait sur une cuisine sommairement meublée.

– Ici, vous serez en sécurité, affirma-t-il. Je suppose que vous devez mourir de faim après ce long voyage... Je vais vous concocter une bonne omelette à ma façon, comme vous n'en avez jamais mangé !

L'homme enfila un tablier et s'attela au fourneau tandis que ses convives s'installaient autour de la table. Quelques instants plus tard, ils dégustèrent une succulente omelette aux cèpes, accompagnée de quelques feuilles de salade.

À la fin du repas, l'homme prit la parole :

– J'ai eu Vincent au téléphone, ici tout le monde est sur le qui-vive. Un gendarme a été enlevé durant vingt-trois jours, mais il a réussi à s'échapper. Il a ainsi pu nous transmettre d'importantes informations. Nous savons désormais que ses ravisseurs détiennent les deux scientifiques que vous recherchez, mais pas au même endroit. Ils espèrent que l'homme leur fournira une nouvelle formule destinée à l'invention d'une drogue surpuissante. Le but de Vincent n'est pas seulement de retrouver le couple Condo, il voudrait anéantir ce réseau de mafieux qui s'étend bien au-delà de la France. Son idée est donc de travailler avec vous, en parallèle, tout en restant dans l'ombre. Unir vos forces afin d'être plus efficaces. Vincent ne travaille pas seul, d'autres hommes sont sous ses ordres, mais vous ne connaîtrez pas leurs noms, tout comme moi, je ne vous dévoilerai pas mon identité. Veuillez d'ailleurs excuser mon impolitesse pour avoir omis les présentations. Vous devez aussi savoir que Vincent ne reste jamais plus de deux jours au même endroit, cela évite qu'il se fasse repérer.

– Ce Vincent appartiendrait-il à la police antigang ? questionna Veneau.

– Oui, d'une certaine façon, répondit l'homme.

– Mais vous aussi, alors ? hasarda Avril.

– Oui, mais je suis aussi garagiste à mes heures perdues, pouffa l'homme. Si je vous ai donné rendez-vous ici, c'est tout simplement parce que mon patron est actuellement en vacances, et que mes collègues ne travaillent pas aujourd'hui. Enfin, nous sommes sûrs qu'ici, personne ne viendra vous chercher…

– Vous dépendez de quel secteur ? demanda Vatier.

– De Paris. La police nationale.

– Enchanté, collègue ! lança Avril.

– Ne nous dispersons pas, nous disposons de peu de temps, reprit le garagiste. J'ai vu le couple Condo il y a deux jours, affirma-t-il. C'était tout à fait par hasard. Lui et ses ravisseurs se sont arrêtés au garage pour prendre de l'essence. J'ai reconnu Condo grâce à la description que nous en avait faite le jeune policier qui a réussi à s'évader. L'ingénieur semblait très fatigué et avait les joues particulièrement creusées. Il a demandé aux hommes qui l'accompagnaient s'il pouvait aller aux toilettes, mais ceux-ci lui ont répondu qu'il irait plus tard, qu'ils devaient repartir immédiatement. Une jeune femme était également présente, mais ce n'était pas la femme de Condo. Ils lui ont ordonné de rester dans la voiture. Ils ont pris de l'essence, puis ils sont aussitôt repartis.

– Pourquoi ne les avez-vous pas fait arrêter ? s'indigna Marie-Anne.

– Si j'avais agi ainsi, nous aurions raté notre coup. Le reste des ravisseurs et les personnes qu'ils détiennent auraient été avertis et se seraient volatilisés dans la nature. Nous n'aurions jamais pu les retrouver. Aujourd'hui, ils ne se doutent pas que tant de monde est à leur trousse, et ne se méfient pas. Quand nous les aurons, ce sera le gros lot, nous les arrêterons tous ensemble.

Du bruit se fit soudain entendre à l'extérieur.

– Je crois que nous avons de la visite, murmura Louis.

– Je vais voir, surtout ne bougez pas, ordonna le garagiste, avant de crier :

– Ça va, j'arrive ! Arrêtez de cogner sur cette foutue porte, le garage est fermé pendant la pause déjeuner.

Une voix se fit entendre derrière la porte :

– Rien à foutre, donne-nous de l'essence et vérifie le niveau d'huile, sinon la belle bagnole dehors, je la transforme en tas de ferraille !

Le garagiste ouvrit la porte d'entrée et se trouva nez à nez avec deux jeunes, à l'allure de voyous.

Ils forcèrent le passage et se retrouvèrent sur le pas de la porte de la cuisine.

– Eh ! Tu sens comme moi ? Ça, c'est de l'omelette ! Ça sent dans toute la baraque !

– Non, idiot, ça sent le poulet ici, marmonna son compère, après avoir observé le petit groupe installé autour de la table.

– Ta gueule toi ! Les poulets, y s'baladent pas avec une belle gonzesse, décréta-t-il en pointant le doigt en direction de Marie-Anne. Approche-toi, la mignonne, et sers-moi à boire et à manger.

Marie-Anne ne bougea pas.

– T'as compris ? Tu viens ici tout de suite. Hé ! regarde-moi les trois idiots, ils font dans leur froc.

Marie-Anne intervint :

– C'est quoi, votre problème ?

– Mon problème, c'est que tu m'as toujours pas donné à bouffer comme je te l'ai demandé.

– Va te faire voir, pauvre mec.

– Mais c'est qu'elle se rebelle, hein ?

– Fous-lui la paix, conseilla son copain.

– Oh non, j'en ai pas fini avec elle, reprit le premier.

Jack bondit soudain sur le type et lui planta ses crocs dans les mollets.

Pendant ce temps, Marie-Anne s'empara du bâton qui ne la quittait jamais et asséna un coup magistral sur la tête du type qui s'effondra. Ce bâton l'avait déjà tirée par deux fois de mauvaises passes dans le Jura, et aujourd'hui encore, il faisait ses preuves.

Jack tenait toujours fermement le mollet du garçon dans sa gueule, tandis que celui-ci suppliait qu'on le libère des griffes de la bête.

– Tu veux qu'il te lâche ? demanda Marie-Anne.

– Ouais, c'est bon, ça suffit !

– Attends encore un peu, que l'on s'amuse... Jack, mords-lui les parties !

– Mais elle est folle ! s'insurgea le voyou.

– Allez, Jack, lâche-le ! Il sait maintenant à qui il a à faire. Dites-moi, qui êtes-vous ?

– Nous, on est personne, répondit le deuxième.

– Je vais vous dire, les gars, dit Marie-Anne en se tournant vers ses amis, ce sont des petits minables qui ne nous arrivent pas à la cheville...

Elle regarda à nouveau les deux jeunes :

– En fait, ce dont vous avez besoin, c'est surtout de notre aide, non ? Qu'est-ce que vous faites ici, en pleine campagne ? Vous cherchez bien quelque chose ?

– Vous êtes tous des... hurla le jeune en se relevant et en réajustant ses vêtements.

– Oui alors, accouche...

– OK, si tu veux tout savoir, on va rejoindre des copains à Maubeuge, annonça l'autre. Ça te va ?

– Que font-ils là-bas ?

– Ils cherchent une nouvelle drogue, lança le premier en pouffant.

– Ça tombe bien, avant d'être truand, Sylvain était prof de sciences, affirma Marie-Anne en montrant du doigt son coéquipier.

– Et moi, chercheur, dit Louis, mais ça ne paye pas.

– Et que fais-tu maintenant ?

– Bah ! Un peu de tout, drogues, armes, fausse monnaie.

– Et la gonzesse ?

– Elle, tu penses ce que je pense, dit-il en baissant le ton.

– Et l'autre, avec son air de premier de la classe ?

– Lui, c'est le chef, dit Louis en désignant Jacques. Il encaisse la monnaie et protège le coffre au cas où on voudrait nous braquer. On a une baraque à visiter dans le coin, ajouta Louis, une grande propriété. Elle est vide en juin, pas d'habitants, mais pleine d'objets de valeur.

– Oh, les mecs, vous êtes gonflés !

– Si on est gonflés, tu peux le dire ! s'exclama Sylvain. Nous, on a peur de rien ! Notre philosophie est simple : *Aux innocents les mains pleines.*

– Toi, innocent ? Tu me fais rire ! railla le premier jeune.

– Écoute, si vous voulez, on peut même vous faire participer à ce coup-là, vous aurez votre part du butin. Mais en contrepartie, on vous rejoint à Maubeuge pour goûter à votre dope… Ça va comme ça ?

Les jeunes se concertèrent du regard, puis le premier décida :

– Ouais, pourquoi pas ! Après tout on a grave besoin de fric en ce moment.

Il se tourna vers le garagiste :

– Eh, le garagiste ! T'as pas de la gnole, qu'on arrose ça ?

Mais le garagiste se tenait face au mur, incapable de répondre, essayant de dissimuler son hilarité.

Jacques et Louis n'en revenaient pas non plus de la tournure qu'avait prise la situation. Dieu, que l'on est crédule quand on est jeune !

– Bon, ben les gars, on se revoit à Maubeuge ! lança Sylvain. En attendant, nous, on a à faire !

– OK, mais avant, dis-nous comment il s'appelle votre chef, demanda le deuxième jeune en désignant Jacques.

– On l'appelle la Berluche.

– Et eux ? interrogea-t-il en montrant les autres.

– Je les siffle un coup de plus pour chacun, répondit Jacques.

– Ça, c'est un chef ! Je te donne mon numéro de portable et tu m'appelles pour qu'on travaille ensemble.

– Attendez avant de partir, je vais vous soigner, vous saignez, proposa Marie-Anne.

– Toi, tu me touches pas, et ton sale cabot, qu'il s'avise plus de m'approcher, compris ? répliqua-t-il d'un air menaçant.

– Bon, on t'appelle demain, conclut Jacques.

– OK, la Berluche. Et attention au gars du garage, qu'il appelle pas les poulets.

Dès que les deux lascars furent partis, tous éclatèrent de rire.

– Alors, la gonzesse ! railla Jacques.

– Et toi, la Berluche ! rétorqua Marie-Anne

– On change de métier, déclara Sylvain, on monte une troupe de théâtre, et voilà !

Tous repartirent à rire, ils ne pouvaient plus s'arrêter.

– Et si on buvait un peu d'eau-de-vie, histoire d'avoir la trempe de vrais lascars? suggéra Avril.

– De l'eau-de-vie? Ah oui, et après, on passe au commissariat pour prendre les ordres qui nous sont parvenus de Nantes? On aura l'air fin! répliqua Veneau.

Et les voilà repartis à rire de plus belle.

Le garagiste, qui s'était discrètement éclipsé avant le départ des jeunes, pénétra dans la cuisine:

– Les gars, j'ai installé un détecteur sous leur voiture. S'ils n'en changent pas, on va pouvoir les suivre. J'ai aussi appelé le commissariat de police de Chartres. Je leur ai dit que vous passeriez d'ici une heure.

Une fois au commissariat de Chartres, ils se firent confirmer l'identité des deux jeunes:

– Ce sont deux dangereux truands, expliqua le commissaire. On les a coffrés plusieurs fois, mais ils ne sont jamais restés bien longtemps derrière les barreaux. Vous connaissez la justice, ajouta-t-il. Le premier s'appelle Solas, Roger Solas, dit-il en tendant un dossier à Jacques, orné de la photo du jeune homme. L'autre, c'est Max Hervé, son casier judiciaire est bien garni. Ils ont respectivement trente-deux et trente-cinq ans, bien que sous leur allure de gamins délurés, on leur donne tout au plus une vingtaine d'années. J'ai prévenu le commissariat de Maubeuge de rester sur ses gardes. Avec un peu de chance, on arrivera à les coffrer pour trafic de drogue et port d'armes. Il faut seulement espérer qu'ils ne changeront pas de véhicule entre Chartres et Maubeuge…

Jacques téléphona au policier du garage pour l'avertir de leur découverte, et le remercier de son aide. Celui-ci leur souhaita bonne chance pour la suite et ajouta:

– Vous tirerez mon chapeau à Marie-Anne, j'ai rarement vu une femme aussi courageuse. Elle et Jack vous seront d'une aide précieuse. Avec eux, vous ne pourrez que vous en sortir, conclut-il. Ah, j'oubliais, si vous avez besoin de moi, n'hésitez pas à téléphoner au garage, si je suis seul et que je peux vous aider, je le ferai volontiers.

Jacques le remercia chaleureusement avant de raccrocher.

– Tout de même, on s'en est bien sortis, remarqua Marie-Anne.

– Ça, c'est sûr, les choses auraient pu mal tourner s'ils avaient compris que nous étions de la police… En apercevant nos revolvers, par exemple ! lança Avril.

– C'est bien que nous n'ayons pas eu à nous lever, sinon ils auraient vu nos armes à coup sûr ! ajouta Veneau.

Le visage de Marie-Anne se ferma :

– En attendant, ils m'ont traitée comme une moins que rien, et aucun de vous n'a levé le petit doigt pour me secourir. Je me demande si j'ai envie de connaître d'autres situations de ce genre. Peut-être que le mieux serait que je retourne à Nantes et que je reprenne ma petite vie là ou je l'ai laissée.

– C'est toi qui décides, Marie-Anne, mais tu sais que nous avons besoin de Jacky, avança Louis.

– Tout d'abord mon chien ne s'appelle pas Jacky, mais Jack, fulmina-t-elle. Ensuite, vous, vous êtes des professionnels payés pour accomplir ce genre de boulot, moi pas. Aucun de vous ne se soucie de ce que je peux ressentir depuis que j'ai été embarquée malgré moi dans cette affaire. Trop, c'est trop, moi, je m'arrête là !

– Ma chère, ma douce, ne nous fais pas ce coup-là, nous avons besoin de toi, susurra Jacques.

– Pas de chère, pas de douce, je suis une romancière, et moi, je n'ai pas besoin de vous. Par contre, j'ai besoin de mon chien, et il rentre avec moi.

Jacques s'excusa auprès de ses collègues, attrapa tendrement Marie-Anne par la main et l'entraîna quelques mètres plus loin.

– Je t'assure qu'avec moi tu ne risques rien, affirma-t-il. Je te protégerais envers et contre tout, tu as ma parole. Mes hommes t'admirent et tu es un pilier dans l'équipe. Alors, je t'en conjure, ne nous abandonne pas.

Marie-Anne eut une moue dubitative :

– Tu peux m'assurer qu'à Jack non plus il n'arrivera rien ?

– Je te le promets. Je veillerai sur toi et Jacky. Tu es si précieuse pour moi.

Marie-Anne chercha à dissimuler un sourire :

– Très bien, je rends les armes. Mais par pitié, toi et tes collègues, dites-vous bien que je ne suis pas un homme de votre trempe, d'accord ?

Jacques lui déposa un baiser sur le front, avant de rejoindre les autres.

Marie-Anne suggéra :

– Dites-moi, les gars, j'ai une folle envie d'aller visiter la cathédrale de Chartres avant de quitter la ville, qu'en pensez-vous ?

Louis répondit d'une voix suave :

– Tout ce que vous voudrez, princesse.

– Pour ma part, c'est la troisième fois que je viens à Chartres, et je n'ai encore jamais visité la cathédrale… Alors ma foi, pourquoi pas ? dit Sylvain.

L'air soucieux, Jacques se pencha soudain vers Sylvain :

– Tu sais, lui dit-il, le plus dur reste à venir, et nous allons affronter des situations pour lesquelles tu n'as pas vraiment été formé. Alors, si tu désires rentrer, nous comprendrons. Jusqu'à maintenant, ton aide nous a été précieuse, mais tu as le droit de partir rejoindre ta famille si tu en as envie.

– Ah non, je veux rester avec vous, se récria Avril. Il est hors de question que je vous quitte maintenant. Tu sais, ça me plaît de travailler sur le terrain.

– Très bien, concéda Jacques. Le sujet est clos.

Le groupe se rendit à la cathédrale. Au pied du majestueux édifice, Marie-Anne ne put retenir un cri d'admiration :

– C'est vraiment magnifique !

– Et il paraît que c'est encore plus beau à l'intérieur, affirma Jacques. Entrons donc.

La lumière qui filtrait à travers les vitraux donnait à l'intérieur de la cathédrale une dimension surréaliste.

– Quel est ce labyrinthe que l'on voit là-bas ? s'étonna Veneau.

– J'ai entendu dire qu'il symbolise la vie de tout être humain, répondit Jacques. L'entrée représente la naissance de l'homme, le labyrinthe en soi concrétise les différents chemins qui lui seront donnés d'emprunter au cours de sa vie, et la sortie est le symbole de sa mort. Si l'homme se perd dans l'une de ces traverses, seul un fil d'Ariane pourra l'aider à retrouver sa route. Dans la chrétienté, ce fil est évidemment la grâce divine. La foi en Dieu et le respect de la religion guidera les hommes sur le bon chemin. Ce labyrinthe est le seul à avoir été conservé en si bon état, tous les autres ont pratiquement disparu.

Les amis quittèrent la cathédrale, fortement imprégnés par la beauté des lieux.

– Et si nous allions manger une crêpe avant de reprendre la route ? proposa Jacques. C'est moi qui invite. Je connais une crêperie bretonne succulente à quelques pas d'ici. En parlant de la Bretagne, saviez-vous que dans le temps, trois Bretonnes passaient leur été devant la cathédrale ? Elles venaient spécialement de Quimper pour vendre des paires de gants aux touristes ! Étrange, non ?

Les trois autres éclatèrent de rire, et tous prirent le chemin de la crêperie.

– Pourquoi riez-vous au sujet des Bretonnes ? Ces femmes dans leur pays, avec une petite retraite qui ne leur permettait pas de vivre toute l'année, s'expatriaient à la période des touristes. Elles restaient en plein courant d'air de neuf heures du matin jusqu'à la nuit et ce, avec un âge dépassant les soixante-dix ans. Elles brodaient ce qu'on leur commandait.

– Quel courage ! répliqua Marie-Anne.

Le petit groupe s'était calmé.

Chapitre 7

À peine avaient-ils terminé de manger que le portable de Jacques sonna.

– Tiens, c'est un numéro inconnu, je me demande qui cela peut bien être, dit-il avant de répondre. Allô ?

– Bonjour Jacques, c'est Vincent. J'ai une information urgente à vous communiquer. Je viens de repérer la fille que le garagiste a vue dans la voiture avec Condo. Elle a été enlevée à Caudry il y a quelques jours. Je les ai repérés, elle et ses ravisseurs, à Cambrai. Vous devez vous y rendre immédiatement. Je suis sûr que leur planque est quelque part dans le coin. Je me suis déjà occupé de tout, vous logerez dans l'hôtel « La maison espagnole », à droite de la cathédrale de Cambrai. Nous nous retrouverons là-bas à vingt heures, dans la salle du restaurant. Essayez de ne pas perdre de temps, le restaurant ferme ses portes à vingt et une heures. Je viendrai vous demander du feu et nous irons ensuite fumer une cigarette dehors.

– Comment pourrai-je vous reconnaître ? questionna Jacques.

– Je porterai un complet noir avec une chemise blanche, et une cravate bleu marine. J'aurai une moustache, des cheveux noirs coupés courts et des lunettes légèrement teintées. À ce soir.

Jacques rangea son téléphone et informa ses amis de la nouvelle tournure des événements.

– Mais dis-moi, que va-t-on faire là-bas? interrogea Veneau.

– Donner un coup de main à nos confrères, Vincent et ses hommes ont apparemment besoin de notre aide.

– Bon, il faut maintenant que j'appelle les deux jeunes auxquels nous avions donné rendez-vous, se souvint Jacques. Nous ne pourrons pas les rejoindre à Maubeuge ce soir…

– C'est toi, la Berluche, alors t'en es où?

– Nous avons un contretemps pour ce soir, nous ne pourrons pas venir à Maubeuge, expliqua Jacques.

– Ça tombe bien, parce que nous non plus n'allons pas à Maubeuge. Un type nous a appelés pour nous dire que la marchandise avait changé de place. Ce soir, on prend la direction de Cambrai. On a rendez-vous dans un petit patelin pas très loin.

– Vous allez faire toute cette route pour de la dope? fit semblant de s'étonner Jacques.

– Attends, mon vieux! C'est bien mieux que de la vraie came, c'est un mélange magique.

– Comment ils ont trouvé ça, tes trafiquants?

– Ben tu sais, ils ont un sacré bonhomme avec eux, un scientifique. Il en avait assez de bosser pour des labos et d'être mal payé, alors il est passé de l'autre côté de la barrière, comme on dit.

– Un chercheur qui travaille avec des truands, c'est possible, ça?

– T'es con ou quoi? Bon, on lui a peut-être un peu forcé la main.

– OK, je comprends mieux…

– Ben dis donc, t'es long à la détente, toi ! Dis-moi, elle est avec toi, la gonzesse ?

– Oui, pourquoi ?

– Quand j'aurai plein de pépettes, je te l'achèterai. Mais pas le cabot.

– Ouais, on verra ça. Allez, à plus.

Jacques raccrocha et lança :

– Marie-Anne, j'ai trouvé un acheteur.

– Un acheteur de quoi ?

– Mais de toi ! Le loufoque, il veut t'acheter quand il sera riche. Il m'a dit qu'il me donnerait une belle somme pour t'avoir.

– Heureusement pour moi, ce type ne deviendra jamais riche.

Ils se mirent tous à rire, puis Jacques reprit son sérieux :

– Les hommes de ce genre sont capables de tout, alors soyons prudents. S'ils découvrent qui nous sommes, ce sera le drame. Il faut que nous leur mettions la main dessus avant qu'ils nous fassent passer un sale quart d'heure. Nous savons maintenant que Condo ne se trouve plus à Maubeuge, mais dans un patelin près de Cambrai. Il faut que nous arrivions à temps pour aider Vincent et pour libérer Condo. Le seul souci est que nous ne connaissons toujours pas l'identité de ceux qui tirent les ficelles. Nous ne savons pas non plus combien ils sont, nous devons donc être particulièrement prudents. Allez, ne perdons pas de temps et mettons-nous en route.

Après plusieurs heures de trajet, ils arrivèrent à Cambrai, à l'hôtel « La maison espagnole ». Ils montèrent leur valise dans leur chambre respective, précisèrent à l'accueil qu'ils resteraient certainement plusieurs jours, puis se rendirent au restaurant.

La salle à manger était vaste, bien éclairée, quelques tableaux aux murs rappelaient l'Espagne ; sans doute le restaurant avait-il autrefois appartenu à des Espagnols. Marie-Anne demanda au serveur si son chien pouvait l'accompagner et s'il pouvait aussi lui servir à manger des restes. Par chance, le jeune homme ne fit aucune difficulté. Il les installa dans le fond de la salle, près d'une grande baie vitrée. Leur voisin de table était un monsieur très distingué qui dînait seul. C'était Vincent. Tout naturellement, ils engagèrent la conversation avec lui, ne parlant que de banalités. Le dîner se déroula dans une atmosphère agréable, ils avaient enfin pu échanger plus de quelques mots avec ce mystérieux personnage qui les intriguait tant. À la fin du repas, Vincent se leva, et demanda à Jacques si celui-ci avait du feu.

– J'ai oublié mon briquet là-haut, expliqua-t-il, désirez-vous m'accompagner pour fumer une cigarette ?

– Mais avec plaisir, monsieur, répondit Jacques. Je vous en prie, après vous.

Ils sortirent tous deux et s'éloignèrent de l'hôtel. Une fois dehors, Vincent lui tendit une photo.

– C'est la jeune femme dont je vous ai parlé. Ses ravisseurs l'envoient tous les matins faire les courses à Cambrai, mais ils la surveillent de près. Nous devons absolument la récupérer et sauver Condo. En ce qui concerne les deux truands avec lesquels vous êtes entrés en contact, il faut absolument que vous les rencontriez dès demain. Arrêtez-les et emmenez-les au commissariat de Cambrai.

– L'ennui, c'est que nous ne disposons que de très peu de temps pour agir sur les deux fronts. Sauver la femme et Condo, et arrêter les deux types, ça fait beaucoup à la fois, protesta Jacques.

– Écoutez, débrouillez-vous comme vous pouvez, rétorqua froidement Vincent. Je compte sur vous. Moi, je dois rester dans l'ombre avec mes hommes, enfin du moins pour l'instant. C'est le seul moyen pour faire plonger le groupe dans sa totalité, et avoir un espoir de retrouver la femme de Condo.

– Très bien. Mais nous aurons besoin de la police d'ici.

– Mes supérieurs sont en relation avec eux. Ils vous aideront autant qu'ils le pourront.

– Entendu, Vincent. D'ici là, je vous souhaite bon courage pour retrouver le cerveau de cette organisation. En ce qui concerne le trafic de drogue et d'armes, mon équipe ne peut malheureusement pas vous aider.

– Je sais. Ça, j'en fais mon affaire. Comment comptez-vous procéder ?

– Pour la femme, Marie-Anne va l'attirer en douceur ; le reste, je ne sais pas encore… Mais fais-nous confiance. Nous nous en sortirons. Et puis nous avons Jacky. À lui seul, il vaut bien dix bergers allemands bien dressés. En plus, il peut se faufiler partout.

– Très bien. Alors, à bientôt, et la prochaine fois que je vous rencontrerai, ce sera sous une autre apparence.

– Un vrai caméléon, n'est-ce pas ?

– À qui le dis-tu ! Bonne nuit !

Ils entrèrent ensemble dans l'hôtel, Vincent se dirigea vers l'escalier.

– Bonne nuit, monsieur Duvivier, lança le réceptionniste.

Jacques s'approcha :

– Vous le connaissez bien ?

– Oui, il vend de la lingerie pour femme et il s'arrête à l'hôtel de temps en temps.

Jacques était bluffé :

– Vous m'en direz tant…

Il rejoignit ensuite ses amis dans la salle du restaurant. À peine fut-il installé que le jeune serveur s'approcha :

– Messieurs dame, désirez-vous une part de tarte aux pommes maison en dessert ?

– Oui, s'il vous plaît, accompagnée d'un café, répondit Marie-Anne.

À la fin du repas, ils rejoignirent leur chambre, épuisés.

– On se retrouve demain à sept heures dans le hall d'entrée, lança Jacques avant qu'ils ne se séparent.

Après une bonne nuit de sommeil, ils se retrouvèrent au pied des escaliers pour aller prendre ensemble le petit déjeuner dans la salle du restaurant. Jacques embraya aussitôt sur le programme de la journée qui les attendait.

– Aujourd'hui, nous devons absolument retrouver les deux jeunes truands avec lesquels nous avions rendez-vous hier. Attention, nous ne devons pas commettre d'impair, sinon notre peau ne vaudra plus grand-chose… Enfin, glissa-t-il d'un air malicieux, Marie-Anne et son bâton sont là pour nous protéger, et puis il y a Jacky !

Il reprit son sérieux :

– Sylvain, pas d'imprudence s'il te plaît. Pense à ta femme et ta fille avant d'agir. Louis et moi avons l'habitude de ce genre d'opération, ne vous faites donc aucun souci pour nous. Nous nous placerons en première ligne, tandis que Sylvain n'interviendra qu'en cas d'extrême nécessité. Il restera au volant de la voiture, au cas où ça tournerait mal et que nous devions prendre la fuite.

Il jeta un regard sur la table et demanda :

– Tout le monde a fini de déjeuner ? Très bien, nous allons donc monter dans ma chambre afin de poursuivre cette conversation à l'abri de toute oreille indiscrète. En avant !

Une fois dans la chambre de Jacques, chacun s'installa à son aise, et celui-ci reprit :

– De son côté, Vincent va tout mettre en œuvre pour mettre le grappin sur le cerveau du groupe et les faire tous plonger. De ma vie, je crois que je n'ai jamais vu un homme aussi déterminé, ajouta-t-il en riant.

Vatier observa alors Jack qui tournait en rond dans la pièce, tout en ne cessant de japper.

– Je crois que Jacky ne tient plus en place, il faut dire qu'avec un croissant et un bol de lait en guise de petit déjeuner, monsieur doit avoir envie de se dégourdir les jambes, n'est-ce pas ? dit-il en caressant l'animal.

– C'est hallucinant tout ce qu'il est capable d'avaler ! s'exclama Sylvain.

– Il aime tout ce qui se mange. Attention à vos mollets, messieurs ! prévint Marie-Anne.

Tous se mirent à rire, ce qui détendit quelque peu l'atmosphère. Malgré tout, ils se sentaient nerveux, bien qu'aucun ne le laissât paraître.

– Allons, au travail ! Je vais donner rendez-vous aux deux jeunes à Marquion, c'est à quelques kilomètres de Cambrai, indiqua Jacques. Marie-Anne, tu resteras cinq cents mètres en arrière, dissimulée dans un bosquet touffu où tu seras en sécurité. Jacky restera à tes côtés, au cas où. Tiens, enfile donc ce gilet pare-balles.

– Mais je n'en ai pas besoin ! s'exclama-t-elle

– Alors, tu restes là. C'est à prendre ou à laisser.

– Où les as-tu trouvés ? demanda Sylvain.

– Au commissariat de Cambrai, évidemment. Pendant que vous dormiez, je travaillais, moi. J'y ai rencontré le capitaine Noir et c'est lui qui emmènera Marie-Anne sur les lieux une demi-heure avant notre arrivée.

Il se retourna vers Marie-Anne :

– Tu vas enfiler ton pull par-dessus, ainsi que ta veste. Et il y en a pour tout le monde. Allez, mettez-les !

Il sortit son portable de sa poche et fit un geste de la main en direction de ses collègues qui quittaient la pièce :

– Prévoyez à manger et à boire, je ne sais pas à quelle heure nous serons de retour.

Il lança ensuite la communication.

– C'est la Berluche, nous avons besoin de vous deux, on a des fraises à vendre.

– On se retrouve où ?

– À treize heures, près de Marquion, on s'arrêtera au dernier bosquet entre Cambrai et Marquion, environ à cinq cents mètres avant le pays. Si les poulets passent, on pourra s'y cacher. Soyez à l'heure !

– On y sera.

Jacques coupa la communication et rejoignit ses amis devant l'entrée de l'hôtel.

– Ça marche, ils mordent à l'hameçon, annonça-t-il. Chacun connaît son rôle ?

– Oui, Jacques, répondirent-ils à l'unisson.

Mais ce dernier ne put s'empêcher de reprendre :

– Sylvain, tu restes dans la voiture. Toi, Louis, si tu vois que ça tourne mal, tu cries. Marie-Anne lancera alors son chien sur eux et les frappera avec son bâton, si elle le désire, dit-il en souriant.

– Pas de problème, acquiesça-t-elle.

– Si par hasard, nous sommes forcés d'utiliser nos armes, c'est dans les jambes que nous tirerons.

– Qu'est-ce qu'on va leur apporter comme marchandise ? demanda Louis.

– De faux bijoux fournis par le commissaire. Il passera te prendre à onze heures, Marie-Anne, dit-il en s'adressant à son amie. Au cas où ils se méfieraient et viendraient plus tôt, nous devons nous aussi être en avance.

Il réfléchit quelques secondes, puis ajouta :

– Marie-Anne, ne fais pas de charme aux trois policiers qui t'accompagneront. Deux resteront près de toi, et le troisième ira planquer la voiture à l'entrée du pays.

Enfin, il conclut :

– Bon, n'oublions pas que notre but est de retrouver monsieur Condo et la jeune femme. Le reste ne nous concerne pas. Vincent et ses hommes s'en chargent.

– Bien, commandant, répondirent-ils à l'unisson.

Chacun partit se préparer de son côté, puis ils se retrouvèrent en milieu de matinée dans le petit salon de l'hôtel. Jacques observa Marie-Anne avancer dans sa direction, et lorsqu'elle fut à ses côtés, il ne put s'empêcher de lui glisser à l'oreille :

– Tu es magnifique, ce foulard te va à merveille !

– Je l'ai mis pour dissimuler le gilet pare-balles que tu m'obliges à porter, répliqua-t-elle.

Jacques prit un air déçu :

– Je pensais que tu t'étais faite jolie pour moi…

– Ne rêve pas trop, Jacques, le temps n'est pas à la coquetterie.

– En tout cas, sache que je te trouve merveilleuse, insista-t-il.

– Eh bien, merci. J'accepte le compliment, répondit-elle en rougissant de plaisir.

À onze heures pétantes, trois policiers vinrent chercher Marie-Anne et Jack. Ils la conduisirent jusqu'au bosquet, et deux d'entre eux restèrent à ses côtés, tandis que le troisième repartit avec la voiture. L'équipe de Jacques arriva sur les lieux une heure plus tard, et quelle ne fut pas sa surprise de découvrir que les deux hommes étaient déjà au rendez-vous.

– Vous êtes en avance, les gars, lança Jacques en descendant de voiture. Il y a longtemps que vous êtes là ?

– Non, nous venons tout juste d'arriver, répondit le premier. Dépêche-toi de nous montrer ce que tu as pour nous, je n'ai pas envie de traîner dans le coin, ajouta-t-il.

Jacques lui tendit un sac en tissu rempli de bijoux en or.

– Tu peux vérifier par toi-même, ils sont tous poinçonnés, précisa-t-il.

Le type émit un sifflement d'admiration :

– Eh ben, y'en a pour un paquet de pognon là-dedans !

– Et tu n'as pas tout vu, dit Jacques. Mais dis-moi, où est ton copain ?

– Il m'attend dans la voiture. On a un peu picolé hier soir, il est tombé, et il s'est fait une entorse. Maintenant il a du mal à marcher… Et toi, pourquoi t'es pas venu avec la gonzesse ? demanda-t-il.

– Elle avait à faire. Mais je t'assure que si tu payes bien pour les bijoux, je te la ramène. J'en ai encore dans le coffre, mais avant de te les montrer, je veux que ton copain descende de voiture, et qu'il vienne discuter avec nous… Moi, je fais affaire avec vous deux, ou bien je fais affaire avec personne !

Le type s'empressa d'appeler son collègue :

– Roger, ramène-toi ! On a besoin de toi par ici.

Ledit Roger s'approcha en boitant.

Jacques ouvrit alors son coffre et leur montra un magnifique diamant, de la taille d'une cerise.

– Ouah ! J'y crois pas ! J'ai jamais vu un diamant aussi gros ! s'écria le premier type.

Soudain, une voix hurla derrière eux :

– Haut les mains, les gars, ne bougez plus.

Les deux truands se retournèrent comme un seul homme :

– Mais il est timbré, lui! À quoi il joue? lança le premier.

Sylvain donna un bref coup de sifflet, et brusquement tout le monde sortit des bosquets.

– Bande de salauds! Putain, on s'est fait avoir, c'est des flics! s'exclama-t-il.

– Capitaine Noir, ces deux hommes sont à vous, décréta Jacques. Pour notre part, nous avons encore beaucoup à faire, alors on y va!

Avant de partir, il se tourna vers les deux malfrats:

– Désolé, les gars!

– Je me vengerai, jura le premier.

– Tu passeras d'abord la moitié de ta vie en taule, et après on en reparlera, répondit Jacques. Tu es complice d'enlèvement, tu détiens une arme, tu vends de la drogue, et tu t'apprêtais à acheter des bijoux volés... Ça fait beaucoup pour un seul homme, tu ne trouves pas?

– J'y suis pour rien, et puis pour l'enlèvement, on ne m'a pas laissé le choix.

– Tu as accepté de marcher dans la combine et tu as reçu de l'argent pour ce faire, moi ça me suffit, répliqua Jacques.

– Je l'ai même pas encore touché, le fric. T'es vraiment un enfoiré, toi.

– Tu expliqueras tout cela au juge. Allez, tout le monde en route!

– À vos ordres, mon commandant, lança un jeune policier.

– Commandant? Putain, le salaud, il est commandant. Bande de fumiers, je vous ferai la peau, moi!

Jacques et son équipe reprirent le chemin de l'hôtel où ils allaient pouvoir se reposer quelques heures, avant de commencer l'interrogatoire des deux jeunes gens, en début d'après-midi.

Jacques se demandait comment il allait procéder afin de leur soutirer des aveux, et de leur faire cracher où était emprisonné le professeur Condo. Peu après être entré dans la ville, il aperçut un bureau de tabac et s'arrêta pour aller s'acheter un paquet de cigarettes.

Cela faisait plusieurs années qu'il avait arrêté de fumer, mais aujourd'hui, il en avait vraiment très envie…

L'enquête lui tapait sur les nerfs, et il avait vraiment hâte d'en finir. Heureusement, ce n'était pas tous les jours qu'il avait à faire à des enlèvements et à des bandes de mafieux. Il préférait de loin s'occuper des petits voleurs du dimanche et des tentatives de braquage. L'idée que Condo était séquestré depuis plus de quinze jours par ses ravisseurs, et qu'il n'avait aucune garantie de le retrouver vivant, le mettait hors de lui. Il pensait donc que fumer une cigarette l'aiderait peut-être à retrouver son calme et à mener à bien cet interrogatoire dont la vie de plusieurs personnes dépendait. Malgré tout, il se savait entouré par une bonne équipe et cela le rassurait.

En début d'après-midi, toute l'équipe se rendit au commissariat où devait avoir lieu l'interrogatoire.

Vatier choisit de commencer par interroger le plus jeune des deux hommes. Il pénétra dans une petite pièce sans fenêtre, éclairée par une lumière crue, dans laquelle étaient disposées seulement une table et deux chaises. Un policier fit entrer le jeune homme, celui-ci s'installa en face de Vatier. Une vitre sans tain couvrait tout un pan de mur, derrière laquelle les autres policiers observaient les deux hommes.

Vatier s'excusa auprès du type en face de lui et ressortit soudain de la pièce.

– J'aimerais que Marie-Anne et Jacky soient à mes côtés pour mener cet interrogatoire, décréta-t-il au commissaire Noir.

L'homme fit un geste de la main, il n'y voyait pas d'inconvénient.

Jacques retourna dans la salle d'interrogatoire, cette fois accompagné de la jeune retraitée et de son chien qui s'installèrent discrètement dans un coin de la pièce.

– Bien, nous pouvons commencer, dit Jacques. Tout d'abord vos nom, prénoms, âge, adresse. Vous connaissez sûrement la procédure, n'est-ce pas? Alors, évitons de perdre du temps.

– Je m'appelle Roger Salas. J'ai trente-deux ans et je n'ai pas vraiment d'adresse, j'habite un peu partout.

Il se passa une main sur le visage :

– Si je suis dans cette galère aujourd'hui, c'est tout simplement parce que j'ai suivi Hervé dans ses conneries. Un jour où je n'avais nulle part où aller, il m'a abordé sur les quais de la Seine et il m'a dit que si je travaillais avec lui, il me trouverait un toit et de quoi manger tous les jours. Moi, je n'avais rien, alors je l'ai suivi.

– Vous aviez quel âge?

– C'était il y a quatre ans. Depuis, je le suis dans toutes ses galères. Je suis un peu son toutou, comme qui dirait. Mais en attendant, je dors plus dehors et je mange à ma faim.

– Pourquoi tu restes avec lui?

– Où voulez-vous que j'aille? Je vous dis que je n'ai rien.

– Même pas une famille?

– Si… enfin, non. Mes parents veulent plus me voir, c'est à cause d'eux que je suis devenu comme ça.

Roger se prit alors à raconter le grand malheur qu'était sa vie, calmement, comme s'il parlait de l'histoire d'un autre.

– Je viens d'une famille riche. Ma mère est médecin et mon père était ingénieur. Mes parents, ils ne se sont jamais occupés de moi, pour tout vous dire, je pense qu'ils ne m'aimaient pas. Très vite, à l'école on s'est aperçu que j'étais un enfant surdoué, mais mes parents n'en firent pas grand cas. À seize ans, je passai le bac, et la même année j'entrai à l'université. C'est là que j'ai commencé à faire de mauvaises rencontres. Je me sentais mal dans ma peau et incompris. Alors j'ai commencé à déconner. Comme j'avais du fric à la maison, je pouvais acheter de la drogue comme je voulais, et en payer à mes potes. Mes parents ont mis des années avant de découvrir ce qui se passait. Quand j'ai eu vingt-trois ans, ils m'ont foutu dehors. Mon père a hurlé qu'il ne voulait plus jamais me revoir. Par chance, j'ai pu décrocher une place de manutentionnaire, et ainsi me payer un studio. Ça a duré deux ans, jusqu'au jour où un collègue de boulot est allé voir le patron pour lui dire que je sortais d'une famille riche et qu'en plus j'étais surdoué. Mon patron m'a alors mis à la porte, m'expliquant que de plus nécessiteux avaient besoin de cet emploi. Je me suis retrouvé une nouvelle fois à la rue.

– Tu n'as pas eu de nouvelles de tes parents depuis? questionna Jacques, ému par le récit du jeune homme.

– Si, par le biais de connaissances qu'ils fréquentaient. Mais il y a quatre ans, on a retrouvé le cadavre d'un drogué dans une ruelle du centre-ville. Il s'était fait tabasser et il était méconnaissable. Les flics ont tout d'abord cru que c'était moi et sont allés annoncer à mes parents qu'ils m'avaient retrouvé mort. Une heure après, ils sont repassés à la maison et se sont confondus en excuse auprès de mes parents, leur expliquant qu'il s'agissait d'un autre jeune homme. Mais mon père n'a rien voulu entendre. Selon lui, tout concordait, et il est resté convaincu que j'étais le drogué qu'ils avaient retrouvé. Pour la santé mentale de mon père, je n'ai donc jamais osé leur rendre visite. Je ne suis pas non plus allé à son enterrement quand il est mort il y a trois ans. Pourtant j'aurais aimé le revoir, lui montrer que j'en avais fini avec la drogue, car entre-temps, j'ai fait une cure de désintox et je n'y ai plus jamais retouché… par respect pour mon père.

– Qu'est-ce que tu as à me dire en ce qui concerne l'enlèvement du professeur Condo ? reprit Jacques.

– Dès le départ, je me suis douté que cette histoire sentait mauvais. Un jour, Hervé est arrivé en me disant qu'on avait une mission à remplir. Nous devions enlever un chercheur de laboratoire qui volait les idées de ses collègues. L'homme qui nous employait voulait savoir s'il était le seul à agir de la sorte ou bien s'il y avait d'autres pourris dans le labo.

– Et tu as cru à cette histoire ? s'étonna Jacques.

– Vous savez, il arrive un moment où on ne réfléchit plus vraiment. L'homme nous proposait une belle somme d'argent pour cette affaire. À cette époque, je buvais pas mal, et on a raison de dire que l'alcool rend idiot. Vous savez, avec l'alcool, le bien, le mal, tout ça, ça se brouille. Je ne me suis pas posé de questions.

– Qui est l'homme qui vous a employés ? interrogea Jacques.

– Je ne sais pas, il n'y a que Hervé qui ait été en contact avec lui, mais il ne l'a jamais rencontré.

– Et maintenant, que comptes-tu faire ? Tu sais que tu risques de passer plusieurs années en prison ? lança Jacques.

Il réfléchit quelques secondes.

– Ce serait peut-être l'occasion de reprendre tes études là où tu les as laissées. Ensuite tu pourrais t'installer dans un foyer de jeunes travailleurs, et pourquoi pas, renouer avec ta mère… En attendant que tu passes devant le juge, je vais essayer de t'obtenir une liberté provisoire, mais tu ne devras pas quitter Cambrai. Nous allons te trouver un endroit où vivre. Tu viendras tous les deux jours au commissariat nous rendre visite, c'est d'accord?

– Oh, merci, monsieur le commissaire, je ne vous décevrai pas, vous avez ma parole.

Le commissaire intervint:

– Commandant, nous allons le garder ici pour quarante-huit heures, le temps de nous retourner.

Un policier conduisit le jeune homme hors de la pièce, et Jacques se leva pour aller se chercher un café, suivi de Marie-Anne.

– J'avais bien remarqué que derrière ses allures de truand se dissimulait une âme sensible, commenta-t-elle. Tu as bien fait de lui présenter les choses de cette façon. Tu lui offres ainsi une perspective d'avenir.

– Oui, enfin j'espère qu'il saura saisir sa chance, répondit Jacques.

Ils avalèrent rapidement leur café que Jacques accompagna d'une cigarette, et retournèrent dans la salle d'interrogatoire.

– Amenez-moi Max Hervé, ordonna Jacques au jeune policier. Et appelez-moi Louis, je veux qu'il s'occupe de l'interrogatoire.

Louis pénétra dans la pièce.

– Je te laisse t'occuper de celui-ci, dit Jacques, essaie d'en tirer un maximum d'informations. Si tu ne t'en sors pas tout seul, appelle Sylvain à la rescousse. Marie-Anne, tu restes avec eux, et de mon côté je vais préparer la suite de l'enquête. Nous devons retrouver Condo au plus vite.

Une heure plus tard, Jacques revint aux côtés de son équipe.

– Je n'ai rien pu en tirer, commandant, lâcha Louis d'un air désespéré. Il dit qu'il ne parlera qu'en votre présence.

– Très bien, je m'en occupe, soupira Jacques.

Il pénétra dans la salle d'interrogatoire, suivi de ses co-équipiers, et s'assit en face du jeune homme.

– Bon ! La plaisanterie a assez duré, nous n'avons pas de temps à perdre. Nom, adresse, âge.

Le garçon ne répondit pas.

– Je t'écoute ! s'impatienta Jacques.

– Je n'ai rien à vous dire, lança-t-il.

– Très bien, alors ramenez-le en cellule ! ordonna Jacques au jeune policier

– OK, OK, je m'appelle Hervé Max, j'ai trente-cinq ans et pas d'adresse, lâcha le jeune homme.

– Ton prénom, c'est Max ou Hervé ? demanda Jacques.

– Hervé.

– Qu'es-tu venu faire à Cambrai ?

– Vous le savez déjà, s'impatienta Hervé. Je venais acheter de la drogue que je comptais revendre. C'était un début, un coup d'essai. Si tout se passait bien, je devais réceptionner une seconde livraison à Caudry, et là ç'aurait été mon coup d'éclat ! Mais à cause de vous, tout est fichu, ajouta-t-il désappointé.

– C'est très intéressant tout ça, remarqua Jacques. Avec qui as-tu rendez-vous à Caudry ?

– Avec un type que j'ai rencontré dans un café à Angers, il a dit que je semblais être quelqu'un de confiance et il m'a embauché.

– Comment était-il ?

– Un mec assez classe, genre costume et chaussures vernies.

– Quel âge avait-il ?

– La cinquantaine d'années environ.

– Bon, explique-moi exactement ce qu'il t'a proposé, ordonna Jacques.

– De le retrouver à Caudry dans deux jours, sur un parking. Il a dit qu'il me donnerait un colis que je devrais livrer.

– Combien est-ce qu'il te proposait?

– Dix mille euros avant la livraison et autant après.

– Et Roger, il devait toucher autant?

– Non, il n'était pas au courant. Sur ce coup-là, je voulais travailler en solo, sinon on aurait dû se partager l'argent!

– Je vois, répondit Jacques. Il y a autre chose dont je voudrais te parler, mon garçon, enchaîna-t-il. J'ai examiné ton dossier et je me suis aperçu que tu étais recherché pour viol depuis un an…

– Hé! J'ai fait de la prison. J'ai payé ma dette, s'insurgea Hervé.

– Non, tu n'as rien payé du tout. Tu as fait de la prison pour un braquage à main armée, pas pour le viol que tu as commis à ta sortie. Apparemment, la jeune femme a porté plainte et t'a formellement identifié. Roger était avec toi, ce jour-là?

– Ouais, mais je voulais être tranquille avec la fille, alors je l'ai foutu dehors et il s'est barré.

– Il n'a pas cherché à t'empêcher de la violer?

– On était là pour lui vendre de la drogue, à la gonzesse. J'ai dit à Roger que je voulais parler affaire avec elle et que ça ne le regardait pas. Il était vexé, alors il s'est barré. En tout cas, j'peux vous dire qu'elle était bien bonne, la nana…

– J'espère que tu sauras tout autant apprécier les années de prison qui t'attendent, répliqua Jacques d'un ton glacial.

– J'en ai rien à foutre, répondit l'autre.

– À ta place, je m'inquiéterais pourtant. Viol, trafic en tout genre, et la mauvaise influence que tu as eue sur

Roger – il témoignera d'ailleurs contre toi. Tous ces chefs d'accusation réunis te feront passer des années en taule.

Jacques se leva brusquement:

– Pour ma part, je n'ai plus rien à te dire. Je te conseille de méditer sur tout ça.

Jacques quitta la pièce, suivi de son équipe.

Une fois dans le couloir, il se tourna vers Marie-Anne et lui prit la main. Elle avait l'air épuisée. Elle était d'une pâleur affreuse et elle tremblait de tous ses membres.

– Ça va? lui demanda-t-il doucement.

– Non, je ne me sens pas vraiment très bien, répondit-elle faiblement. Je crois que je devrais aller prendre l'air, ça me fera sans doute du bien, ajouta-t-elle.

Intérieurement, elle avait envie de hurler et de pleurer toutes les larmes de son corps.

Jacques se tourna vers son équipe:

– Je pense que nous avons assez travaillé pour aujourd'hui, lança-t-il. Nous nous occuperons de Condo dès demain, mais en attendant, prenez un peu de temps pour vous.

Il jeta un coup d'œil en direction d'Avril:

– Sylvain, appelle ta femme. Elle doit probablement s'inquiéter de ne pas avoir de nouvelles.

Il soupira et conclut:

– Si tout se déroule bien, nous rentrerons à Nantes d'ici trois ou quatre jours. D'ici là, je vous demande de tenir le coup… On se retrouve à dix-neuf heures à l'hôtel pour dîner.

Le soleil commençait déjà à décliner, la nuit n'allait pas tarder à tomber. Jacques rejoignit Marie-Anne devant le commissariat, passa un bras autour de ses épaules et la conduisit vers la voiture.

Chapitre 8

Le lendemain matin, tous se retrouvèrent dans la chambre de Jacques afin de mettre au point le programme de la journée.

– Aujourd'hui nous allons intercepter la jeune femme qui vient faire les courses à Cambrai. Vincent n'a jamais pu savoir d'où elle venait exactement car les malfaiteurs sont bien organisés, ils protègent leur planque. Mais Hervé nous a dit qu'il avait rendez-vous avec l'un des types à Caudry, et tout me laisse croire que leur QG se trouve là-bas. Je me suis renseigné sur cette ville, elle est située à vingt-cinq kilomètres d'ici, vers le château de Cambrésis.

Louis déposera donc Marie-Anne et Jacky en milieu de matinée sur la route, entre Cambrai et Caudry. La jeune femme arrive à Cambrai à dix heures. Il est sept heures trente, Marie-Anne se postera donc sur la route dès neuf heures. La jeune femme roule dans une Renault 5 marron, dit-il en s'adressant à son amie. Tu lui diras que tu es tombée en panne, que cela fait maintenant deux heures que tu marches, et que tu cherches à rejoindre Cambrai. Arrange-toi pour qu'elle te conduise. Ah oui, j'oubliais! Jacky t'accompagnera.

Il se leva énergiquement :

– Allez, tout le monde en route !

Marie-Anne ne se sentait pas très rassurée, mais elle était tout de même contente de savoir Jack à ses côtés. Et puis, elle emporterait une bombe lacrymogène avec elle, au cas où…

Une fois seule sur la route de campagne, Marie-Anne attendit de voir passer la jeune femme. Lorsqu'elle entendit au loin un bruit de moteur, elle se mit à marcher en direction de Cambrai. Lorsque la voiture apparut au bout de la route, Marie-Anne fit de grands gestes pour lui signifier de s'arrêter. La jeune femme se gara sur le bas-côté et lui demanda :

– Bonjour, madame, que vous arrive-t-il ?

– Je suis tombée en panne sur une route de campagne en voulant me rendre à Cambrai. Cela fait maintenant deux heures que je marche et vous êtes la première personne que je rencontre ! Vous pourriez peut-être me déposer ?

– Bien sûr ! Je vais moi-même à Cambrai. Mais dites-moi, le chien est avec vous ?

– Oui, il s'appelle Jack. Ça ne vous gêne pas qu'il nous accompagne ?

– Je n'aime pas vraiment les chiens, répondit la femme avec une grimace. Mais ça ira pour cette fois !

Marie-Anne monta dans la voiture après avoir installé Jack à l'arrière, et tous les trois reprirent la route.

– Vous êtes du coin ? demanda Marie-Anne.

La jeune femme l'observa, l'air crispé, et éclata soudain en sanglots. Elle arrêta la voiture au milieu de la route, saisit la main de Marie-Anne entre les siennes, et se mit à débiter à toute allure :

– Il faut absolument que vous m'aidiez. Je suis retenue prisonnière dans une maison, à Caudry. J'ai été enlevée par un groupe dangereux et organisé. Il y a un chercheur avec moi, ils l'ont enlevé lui aussi. Ils ont juré de le tuer si je ne rentre pas après chacun de mes départs. Leurs hommes me surveillent constamment, certains d'entre eux me suivent à Cambrai, pour s'assurer que je n'aille pas y chercher de l'aide. Ils m'envoient faire leurs courses là-bas, car eux, ils ne veulent pas se faire remarquer. Je ne croise jamais personne sur cette route, et ils savent que je n'aurai pas le courage de m'enfuir, et par conséquent, de vouer le chercheur à une mort certaine. Je vous en supplie, aidez-moi !

– Comment vous appelez-vous ?

– Annette Bauvoir, répondit la jeune femme.

– Pourquoi vous ont-ils enlevée ? s'empressa de demander Marie-Anne.

– Parce que je suis chimiste, moi aussi. Je dois aider l'autre homme à trouver une formule afin de fabriquer une drogue surpuissante, dès qu'ils auront réuni tout le matériel nécessaire. Je suis certaine que lorsque nous en aurons terminé, ils n'hésiteront pas à nous éliminer, se lamenta Annette d'une voix angoissée.

– Comment s'appelle l'homme qu'ils retiennent prisonnier ?

– Ils l'appellent l'idiot, je n'en sais pas plus. Jusqu'à maintenant, nous n'avons pas pu échanger un seul mot. Ils attendent de lui qu'il trouve une formule pour fabriquer la drogue. Dès que ce sera fait, nous travaillerons ensemble pour la mettre au point. En attendant, ils le maltraitent lorsqu'il ne travaille pas assez vite, l'homme a vraiment l'air mal en point. Pour ma part, ils ne me frappent pas, car je dois être présentable pour sortir. Je vais faire les courses pour leur préparer à manger, et je fais aussi le ménage.

– Le chercheur est retenu prisonnier depuis combien de temps ? s'informa Marie-Anne.

– Deux bonnes semaines, je crois. Il est arrivé avant moi.

– Pensez-vous qu'il soit marié ?

– Oui, certainement. Il porte une alliance, répondit la jeune femme d'un ton pressé.

– Annette, il ne faut pas vous inquiéter, j'appartiens à la police et je suis justement venue pour vous libérer. Ils ne tueront pas l'homme qu'ils détiennent, car il leur est bien trop utile. Par contre, pour vous, c'est le moment où jamais de vous sauver, affirma Marie-Anne d'un ton convaincant. Voilà ce que nous allons faire… Vous ferez vos courses comme d'habitude, pour que leurs hommes postés à Cambrai ne se posent pas de questions. Ensuite, nous irons ensemble au commissariat de police pour tout leur raconter, c'est d'accord ?

La jeune femme respira un bon coup :

– Vous êtes de la police ? Je ne comprends pas vraiment. Mais... très bien, je vous suis.

Marie-Anne se posta non loin du commissariat et attendit qu'Annette la rejoigne. Et si elle changeait d'avis ? ne cessait-elle de se répéter. Mais une heure plus tard, la jeune femme fit son apparition au coin de la rue. Ensemble, elles entrèrent dans le commissariat.

Marie-Anne demanda à parler au commissaire, auquel elle déclara :

– Je vous présente Annette Bauvoir, c'est une jeune chimiste qui a été enlevée par les malfaiteurs que nous recherchons. Elle sait où se trouve Condo.

Le commissaire fit entrer Marie-Anne et la jeune femme dans son bureau. Tous trois s'installèrent, et le commissaire commença :

– Madame, nous devons sauver votre ami qui est encore entre les griffes de vos ravisseurs, alors dites-moi exactement tout ce que vous savez.

– Malheureusement, pas grand-chose, répondit-elle. Je peux juste vous donner l'adresse où ils se trouvent. Deux hommes sont perpétuellement sur place.

Le commissaire s'empressa de noter l'adresse.

– Il y a autre chose. À chaque fois que je me rendais en ville, je devais passer chez la boulangère pour récupérer un paquet que des hommes lui déposaient à l'intention de mes ravisseurs. Je ne sais pas ce qu'il contenait, sûrement de la drogue. Mais aujourd'hui, comme je savais que je ne retournerais pas à Caudry, je n'y suis pas allée.

– Très bien, répondit le commissaire. Avant toute chose, nous allons vous mettre en sécurité et faire libérer monsieur Condo. Nous nous occuperons de la boulangère plus tard.

Il emmena la jeune femme avec lui, et Marie-Anne quitta le commissariat.

Il n'y a pas une minute à perdre, pensa-t-elle. L'homme qui livre la boulangère sait peut-être où se trouve la femme de Condo. Je dois immédiatement aller la voir pour en apprendre un peu plus sur lui.

Durant ce temps, Jacques et ses compagnons se rendirent à Caudry avec une équipe de police. L'adresse qu'avait indiquée la jeune femme était celle d'une vieille bâtisse délabrée, qui avait dû être une demeure magnifique en son temps.

Jacques lança aux autres policiers :

– Soyons prudents, nous ne savons pas combien d'hommes se trouvent à l'intérieur.

Ils avancèrent prudemment jusqu'à l'entrée principale de la maison et, au signal, un policier enfonça la porte. En quelques secondes, tous se ruèrent à l'intérieur.

– Police, que personne ne bouge! hurla Jacques.

Deux malfaiteurs étaient installés autour d'une vieille table en bois, tandis que Condo gisait à même le sol, recroquevillé sur une couverture miteuse.

Surpris, les deux hommes se tournèrent vers leurs visiteurs et leur lancèrent un regard ébahi.

Avril et Veneau les interpellèrent aussitôt:

– Vous deux, levez-vous! Et pas de gestes brusques, ordonna Veneau.

Ils les menottèrent et les conduisirent jusqu'à la voiture.

De son côté, Jacques se dirigea vers Condo et posa une main sur son épaule:

– Tout est terminé, ça va aller… lui dit-il d'un ton apaisant.

Condo ne put retenir des larmes de soulagement.

– Dieu merci! Je n'en pouvais plus… J'ai cru que j'allais mourir dans ce taudis, sanglota-t-il.

Doucement, Jacques l'aida à se relever et le conduisit à l'extérieur. Condo plaça une main devant ses yeux pour les protéger de la lumière du jour.

– Je n'ai pas mis le nez dehors depuis si longtemps… murmura-t-il.

– Ne craignez rien, nous allons nous occuper de vous, le rassura Jacques.

– Où sommes-nous? questionna Condo.

– Dans un petit village, Caudry, à quelques heures de route de Nantes. Nous allons vous ramener chez vous, lui assura Jacques.

Condo s'installa dans l'ambulance venue le réceptionner, et à peine se fut-il allongé qu'il s'évanouit.

Le pauvre homme a besoin de se refaire une santé, pensa Jacques avant de monter en voiture.

De son côté, Marie-Anne menait son enquête. Elle parvint devant la boulangerie; une clochette tinta lorsqu'elle poussa la porte. La boulangère se présenta derrière le comptoir.

– Les chiens sont interdits ici, madame, l'alpagua la commerçante.

– Pour cette fois, vous ferez une exception, rétorqua Marie-Anne. Je viens vous voir au sujet des colis qu'un homme vous dépose quotidiennement, ajouta-t-elle.

La boulangère devint soudain très pâle :

– Oui, et alors ?

– Alors, cet homme est recherché par la police pour trafic de drogue, et si vous ne voulez pas être considérée comme sa complice, je vous conseille de me dire tout ce que vous savez, répondit Marie-Anne.

Cette fois, la boulangère devint livide :

– Je ne sais pas grand-chose… Mais qui êtes-vous pour me poser toutes ces questions ? Et puis voyez, j'ai des clientes qui arrivent, dit-elle en montrant deux femmes qui s'apprêtaient à rentrer dans la boulangerie.

Marie-Anne se dirigea vers la porte et tira le rideau de fermeture au nez des deux femmes qui lui jetèrent un regard interloqué.

– Maintenant, nous sommes tranquilles, dit-elle.

La boulangère pinça des lèvres et rétorqua :

– Je n'ai absolument rien à vous dire.

Marie-Anne jeta alors un regard à Jack et dit :

– Je crois qu'il va falloir que tu lui tires les vers du nez…

Jack se dirigea aussitôt vers la commerçante qui sursauta :

– Votre chien est dressé ? Vous êtes de la police ?

Marie-Anne acquiesça :

– Vous feriez mieux de tout me dire avant que mes collègues ne débarquent…

– Très bien, soupira l'autre. Un homme me laisse régulièrement des paquets que je dois remettre à une jeune femme qui vient acheter son pain. Apparemment, ils se sont entendus là-dessus. Je leur rends service et en contrepartie, le type me donne un peu d'argent. Mais mon mari n'est pas au courant de tout ça, et je ne voudrais surtout pas qu'il l'apprenne, vous comprenez ?

Marie-Anne occulta la question :

– À quoi ressemble ce type ? Connaissez-vous son nom ?

La boulangère fit non de la tête.

– Je peux juste vous dire qu'il est plutôt grand, dans les un mètre quatre-vingt… Il est mat de peau et a des yeux globuleux. Les cheveux frisés, je lui donnerais une cinquantaine d'années.

– Comment est-il habillé ?

– Toujours en foncé, très soigneux, il porte des chaussures vernies.

– Il vient ici à pied ?

– Non, dans une limousine noire, conduite par un chauffeur.

– Vous connaissez la plaque d'immatriculation ?

– Je ne m'en rappelle pas très bien… 4, 5, puis LMX et 75. Mais il manque des chiffres, je ne sais plus, hésita la boulangère.

– Ce monsieur vous a-t-il déposé un colis aujourd'hui ? continua Marie-Anne.

– Oui, mais la jeune femme n'est pas venue.

– Quand doit-il revenir ?

– Demain, a priori.

– Donnez-moi le colis qu'il vous a confié ce matin, ordonna Marie-Anne.

– La boulangère partit dans son arrière-boutique et revint avec un gros paquet.

– C'est lourd! s'exclama Marie-Anne. Ils font tous ce poids-là?

– Non, c'est exceptionnel, en général les autres sont plus petits, répondit la commerçante.

Marie-Anne la remercia et prit le chemin de la sortie, Jack sur les talons. Elle se rendit au commissariat où elle attendit Jacques et le reste de l'équipe.

Peu de temps après, ceux-ci arrivèrent sur les chapeaux de roues, toutes sirènes hurlantes. Ils firent descendre les deux malfaiteurs de voiture, que des policiers conduisirent en cellule.

– Tout s'est bien passé? demanda Marie-Anne en se précipitant à la rencontre de Jacques.

– Oui, des médecins s'occupent de Condo et il est maintenant en lieu sûr, répondit-il. Tant que cette affaire ne sera pas terminée, lui et Annette auront droit à une garde rapprochée, ajouta-t-il. Nous ne courrons pas le risque qu'il puisse leur arriver quelque chose.

Il la prit dans ses bras.

– Et toi, comment vas-tu?

Marie-Anne lui raconta sa visite chez la boulangère, sans oublier de lui parler du paquet qu'elle avait rapporté. Entre-temps, curieuse, elle n'avait pu s'empêcher d'ouvrir ce paquet, constatant qu'il s'agissait d'héroïne.

Jacques émit un sifflement.

– Madame prend des initiatives à ce que je vois!

Il l'embrassa sur le front.

– C'est bien, je suis fier de toi!

En début de soirée, toute la petite équipe se retrouva dans un charmant restaurant de Cambrai pour fêter la réussite de l'enquête. Tout le monde se sentait soulagé que les choses se soient si bien déroulées et la pression retombait quelque peu.

– Nous ne devons pas oublier que le couple Condo n'est toujours pas réuni ! lança Jacques qui ne voulait pas que son équipe oublie la suite de l'enquête. Mais pour aujourd'hui, je trouve que nous avons bien travaillé et je tiens à vous féliciter.

Tous l'écoutaient en silence.

– Au cas où certains d'entre vous ne seraient pas au courant, nos collègues ont retrouvé chez les ravisseurs bien plus que nous l'espérions. Dix kilos de résine de cannabis, deux kilos de cocaïne, dix pieds d'herbe, douze mille cent euros en liquidité, ainsi qu'un calibre neuf millimètres. Mes amis, bravo !

Ils levèrent tous leur verre à la libération d'Annette et de Pierre Condo, après quoi ils passèrent une soirée dans la joie et la bonne humeur.

Ce soir-là, Marie-Anne but plus que de raison et Jacques dut la raccompagner dans sa chambre, car elle peinait à marcher droit.

– Bonne nuit, les amoureux ! leur glissa Louis

– Oh toi, arrête tes bêtises, marmonna-t-elle en passant un bras autour des épaules de Jacques.

Arrivés sur le pas de la porte, Jacques introduisit la clé dans la serrure puis l'aida à rentrer et l'installa sur le lit.

– J'aimerais passer la nuit avec toi, lui murmura-t-il tendrement.

Marie-Anne le regarda fixement avant de répondre :

– Il n'en est pas question.

Et sur ces mots, elle ferma les yeux et se mit à ronfler.

Chapitre 9

Après cette soirée bien arrosée, tout le monde se retrouva en milieu de matinée dans le hall de l'hôtel. Ils se sentaient tous barbouillés et se contentèrent de prendre un café en guise de petit déjeuner. Ils se rendirent ensuite directement au commissariat de Cambrai afin que Jacques procède à l'interrogatoire des deux malfaiteurs arrêtés la veille. Il se retrouva dans la salle dans laquelle il avait œuvré quelques jours plus tôt. Il demanda au jeune policier de faire entrer le premier détenu, un dénommé Serge Duverge.

– Monsieur Duverge, quel âge avez-vous ? interrogea Jacques.

– Trente-neuf ans, répondit l'homme.

– Que faites-vous dans la vie ?

– Je ne travaille pas.

Jacques observa l'homme de haut en bas.

– Eh bien, pour quelqu'un qui ne gagne pas sa vie, je vous trouve richement vêtu ! ironisa Jacques. Vos chaussures, à elles seules, ne valent pas moins de huit cents euros, n'est-ce pas ?

– Bon, j'ai touché beaucoup d'argent pour garder les deux chimistes, mais cela ne fait pas de moi un assassin ! réagit Duverge.

– Qui vous paie ?

– Un type de Paris, répondit l'autre.

– Qui est-ce ?

– Je n'en sais rien ! Il ne nous a jamais remis l'argent en main propre. Tous les mois, il venait nous glisser une enveloppe sous la porte de la maison.

– Avez-vous des enfants, monsieur Duverge ?

– Non, répondit l'homme.

– Vous savez que, pour enlèvement et séquestration, vous risquez la prison à perpétuité ? demanda Jacques.

– Écoutez, ce n'est pas moi qui ai orchestré tout ça, alors vous n'avez pas intérêt à me faire porter le chapeau, avertit l'homme.

– Comment receviez-vous les ordres ?

– Je me rendais à Paris une fois par mois, et on nous disait ce qu'il fallait faire.

– Qui rencontriez-vous là-bas ?

– Personne, répondit le type. Nous devions aller dans un café où une enveloppe avec toutes les instructions nous attendait.

– Savez-vous où se trouve la femme du chercheur ?

– J'en sais rien, moi. Chez lui, sûrement, s'énerva Duverge.

– Ne te moque pas de moi, tu sais que ce n'est pas le cas, cria Jacques.

– J'en sais rien. Vous savez, je n'ai aucune idée du nombre de personnes qui travaillent avec nous, ni de ce qu'elles sont chargées d'accomplir, expliqua l'homme.

– Savez-vous où se trouve le laboratoire dans lequel Condo devait travailler ? demanda Jacques en cherchant à recouvrer son calme.

– Non.

Jacques poussa un long soupir.

– Brigadier, vous pouvez reprendre monsieur. Amenez-moi l'autre, lança-t-il.

Peu de temps après, le deuxième type entra dans la pièce.

– Abrès Jésus, appela Jacques. Je vous en prie, installez-vous.

Il observa l'homme qui se trouvait en face de lui.

– Avec un prénom pareil, vous n'avez pas peur! Vous savez qu'on en a crucifié d'autres pour moins que ça! commença Jacques ironiquement.

L'homme ne releva pas, et Jacques continua:

– Je vois que vous avez été arrêté à plusieurs reprises pour trafic de drogue. Vous savez qu'un dealer est un criminel?

Il attendit un instant, puis reprit:

– Avez-vous déjà vu un ado complètement défoncé? Les yeux hagards, le cerveau en lambeaux, perdu dans un monde irréel dont il n'arrive pas à revenir… Au réveil, le monde leur paraît moche, sans intérêt, au point que certains finissent par se suicider. Avez-vous pensé à la famille détruite par votre faute, pour de l'argent? L'argent! Que ne fait-on pour l'argent? s'emporta Jacques.

Il respira profondément et reprit:

– Pourquoi n'êtes-vous pas aussi bien habillé que votre copain?

– C'est lui, le chef, c'est lui qui commande. Donc, c'est lui qui est bien habillé, conclut Abrès.

– Reconnaissez-vous avoir vécu aux Marais, à Saint-Joachim, avec les prisonniers?

– Qui vous a dit ça?

– Nous le savons, nous avons même vu la maison de nos propres yeux. Que du reste, vous avez laissée dans un état lamentable ! lança Jacques.

– Alors, vous êtes après nous depuis un bon moment ? s'étonna le type.

Jacques éluda la question.

– Comment avez-vous rencontré Duverge ?

– Je vivais dans la rue…

– Oui, et il est venu à votre rencontre et vous a proposé du boulot, c'est ça ?

– Euh oui… Il avait un logement, et il m'a invité chez lui. Il était surveillant dans un grand magasin et puis il a été renvoyé.

– Pourquoi ? demanda Jacques.

– Je ne sais pas.

Jacques se leva et fit signe à Louis de le relayer.

– Capitaine, vous prenez la suite, dit-il.

Louis s'avança et s'installa à la place de Jacques.

– Êtes-vous marié ? demanda-t-il.

– Je l'étais, et j'avais deux filles de dix et douze ans. Un soir, je suis rentré à la maison et tout était vide, il n'y avait plus personne. C'était il y a quatre ans. Depuis, je n'ai jamais revu ma femme, ni mes filles. Après leur départ, j'ai appris que ma femme avait contracté d'énormes dettes et que la maison devait être placée sous scellés.

Abrès avait le regard perdu dans le vague.

– J'étais comptable à l'époque. Mais je me suis mis à boire et j'ai été licencié.

– Vous n'avez pas retrouvé un emploi ?

– J'ai fait trois années de dépression, et je vivais de la prime de licenciement. Au bout de trois ans, je n'avais plus un sou en poche et je me suis retrouvé à la rue.

– L'avantage de la prison, c'est que c'est tous frais payés, fit remarquer le capitaine.

– Mais je ne veux pas aller en prison, s'écria le type. Moi, je n'ai fait qu'exécuter les ordres ! Et puis le jour où j'ai voulu tout arrêter, ils ont menacé de me tuer.

– Vous expliquerez tout ça au juge. Savez-vous où se trouve le laboratoire dans lequel devait travailler Condo ? reprit Veneau.

– Il n'y en a pas pour l'instant. Ils attendaient que le chercheur trouve la formule, pour ensuite faire travailler sa femme, parce que lui, il était vraiment plus en état, expliqua le type.

– Tu es sûr de ce que tu dis ?

– Oui, capitaine, je ne vous raconte pas d'histoires, assura l'autre.

– Que savez-vous sur l'homme qui vous payait ?

– Il est de Paris, mais le grand manitou n'est pas en France, peut-être en Suisse, répondit Abrès.

– Comment le savez-vous ? s'étonna Veneau.

– Une nuit, je l'ai guetté. Il est arrivé avec une Mercedes immatriculée 75.

– Vous avez vu la plaque ?

– Non.

– Duverge connaissait-il cet homme ?

– Oui. Une nuit, je les ai entendus discuter. L'homme disait à Duverge que le chercheur et la femme devraient être éliminés dès qu'il aurait trouvé la formule, confia Abrès.

– Ils n'auraient sûrement pas hésité à vous supprimer, vous aussi, conclut Veneau. Très bien, le procureur de la République tiendra compte de vos déclarations.

Il fit un signe en direction du jeune policier.

– Brigadier, emmenez-le.

Le capitaine apparut soudain, essoufflé, et tendit deux photos à Jacques.

– Nous venons de retrouver ça dans les affaires d'un des gars !

Jacques s'en empara aussitôt.

– Mais ce sont Hervé et Roger ! s'écria-t-il en apercevant le premier cliché.

Un homme posait sur la seconde photo, mais Jacques ne l'avait jamais vu.

– C'est sûrement le type qui détient madame Condo, supposa-t-il. Merci, commissaire.

Il se tourna alors vers le jeune policier.

– Amenez-moi Duverge, je vous prie.

Le policier s'en alla aussitôt le chercher, et revint peu de temps après avec son homme.

– Alors, monsieur Duverge, pouvez-vous me dire ce que signifient ces photos ? dit Jacques en lui tendant les clichés.

Le type ne répondit pas.

– J'attends une réponse, s'impatienta Jacques.

– J'ai reçu ces photos par courrier, avec une lettre, finit-il par répondre.

– Et où est cette lettre ?

– Je l'ai brûlée, évidemment !

– Qui est cet homme ? demanda Jacques en montrant du doigt le mystérieux inconnu.

– Je ne sais pas, répondit Duverge.

– Il vit à Paris ? insista Jacques.

– J'en sais rien ! Foutez-moi la paix, je ne dirai plus rien. Je préfère rester enfermé.

– OK, vous pouvez l'emmener, dit-il au jeune policier.

Les interrogatoires avaient duré une bonne partie de la journée et Jacques se sentait las. La nuit n'allait pas tarder à tomber et il entraîna Marie-Anne dehors, pour prendre un peu l'air.

Ils s'installèrent tous deux sur un banc de la petite place du commissariat et admirèrent le coucher de soleil.

– La nature est belle, murmura-t-il.

– Oui, souffla Marie-Anne, secouée par les entretiens auxquels elle avait assisté.

Jacques se tourna vers elle et aperçut une larme qui roulait le long de sa joue.

– Viens près de moi, et cesse de pleurer, dit-il tendrement en l'enlaçant. Je sais que la journée a été éprouvante. Je te trouve très courageuse.

Marie-Anne nicha son visage dans le creux de son cou.

– Allez, ma belle, allons dîner. Et ne pense plus à tout ça, finit par dire Jacques.

Enlacés, ils retournèrent vers le poste, insouciants de ce que les autres pouvaient penser. Ils se connaissaient depuis si longtemps tous les deux, qu'il leur semblait que tout leur était permis. Silencieux, Sylvain et Louis les regardèrent approcher, émus par la beauté du couple que Jacques et Marie-Anne formaient.

Ce soir-là, Jacques reçut un appel du capitaine Vincent.

– J'ai une bonne nouvelle pour vous, annonça-t-il. Vous pouvez rentrer sur Nantes dès demain, et je vous laisse deux jours de repos avant de reprendre les recherches de la femme de Condo. D'après ce que je sais, on l'aurait emmenée à Saint-Joachim…

Les trois hommes et Anne-Marie reprirent donc la route le soir même, dès qu'ils eurent fini de dîner.

Chapitre 10

Marie-Anne tourna fébrilement la clé dans la serrure. Qu'il était bon de retrouver son univers ! Elle posa ses valises dans l'entrée et se débarrassa de son manteau. Jack se précipita dans le salon, et fit le tour de la pièce, comme pour vérifier que tout était resté en place. Marie-Anne se prépara un thé et s'installa dans le canapé. Le mal de tête qui ne la quittait plus depuis deux jours commençait doucement à s'estomper. Dieu, qu'elle était heureuse d'être à nouveau chez elle ! Il ne manquait plus que Titi, qu'elle irait chercher chez sa voisine dès le lendemain matin.

Tant de choses s'étaient passées ces derniers temps que deux jours de repos ne seraient pas de trop pour remettre un peu d'ordre dans ses idées.

Il était déjà bien tard et Marie-Anne se dépêcha finalement d'aller prendre une bonne douche chaude avant de se mettre au lit.

Elle entendit soudain un bruit répété qui la tira peu à peu des brumes du sommeil. Elle finit par ouvrir les yeux et s'aperçut qu'il faisait grand jour. Maladroitement, elle saisit son réveil qui trônait sur la table de chevet et s'appliqua à lire l'heure… Déjà neuf heures ! pensa-t-elle. Elle s'aperçut alors que quelqu'un sonnait à la porte d'entrée depuis un moment. À regret, elle sauta du lit, enfila un peignoir et, Jack sur les talons, alla ouvrir. Jacques se tenait devant elle, un sachet de croissants encore chauds à la main.

– Je te réveille peut-être ? demanda-t-il d'un ton enjoué.

– Disons que c'est pour la bonne cause, sourit-elle. Tu n'avais pas envie de déjeuner seul ce matin, n'est-ce pas ?

Jacques eut un sourire gêné :

– Il y a un peu de ça, oui, répondit-il. Mais c'est surtout que j'ai besoin de toi… il faut que tu m'éclaires.

– Ne bouge pas, je vais te chercher des bougies ! dit-elle d'un ton narquois.

– Marie-Anne, pardonne-moi si tu me trouves peu délicat, mais j'ai vraiment besoin de ton aide, assura-t-il.

Elle le fit entrer et l'entraîna dans la cuisine. Jacques s'installa, et tandis qu'elle préparait du café, il commença :

– Il y a quelque chose que je ne comprends pas. Les hommes de Vincent suivent Jeanne Condo à la trace, mais ils ont toujours un temps de retard sur les malfaiteurs. Ce qui est incompréhensible, c'est qu'ils la baladent de ville en ville, et qu'à chaque fois ils restent sur place à peine plus d'une journée.

Jacques se prit la tête entre les mains.

– C'est vraiment à n'y rien comprendre, soupira-t-il.

– Ils ont peut-être quelque chose à écouler, et ils se déplacent pour ne pas être remarqués, suggéra-t-elle.

– Oui, mais quoi ? La drogue n'a pas encore été fabriquée, s'énerva Jacques.

– Je ne sais pas, moi, de faux billets par exemple, lança Marie-Anne à tout hasard.

Elle réfléchit quelques secondes.

– Et si c'était le cas, cela expliquerait qu'ils puissent faire face sans problème à tous leurs frais et payer leurs hommes de main grassement ! Souviens-toi, un de ceux qui détenaient Condo nous a dit que le cerveau de l'affaire se trouvait en Suisse. C'est là-bas qu'ils doivent envoyer l'argent pour le blanchir, s'écria-t-elle.

Jacques la regarda avec admiration.

– Alors toi ! Tu ne cesseras jamais de me surprendre, dit-il en souriant.

Il reprit son sérieux.

– Vincent m'a dit qu'ils avaient été aperçus à Beauvoir-sur-Mer il y a deux jours. Un témoin aurait décrit la femme de Condo accompagnée par deux hommes dans une station-service. L'un d'eux se serait énervé lorsqu'elle a voulu descendre de voiture et l'autre était habillé de façon si criarde qu'apparemment on ne pouvait pas le rater !

– C'est-à-dire ? demanda Marie-Anne.

– Il portait une veste de cuir rouge et des chaussures jaunes ! pouffa Jacques. Mais ce n'est pas tout, la dernière fois qu'ils ont été vus, c'était aux Marais, à Saint-Joachim. Nous devons nous y rendre dès lundi, conclut Jacques.

– Retour à la case départ, murmura Marie-Anne d'un air songeur.

Ils burent leur café en silence, après quoi, Jacques se leva.

– Je dois filer. Mais je repasse te prendre à midi, je t'emmène manger au restaurant, c'est d'accord ?

*
* *

Lundi matin, toute l'équipe se retrouva et prit la route pour Saint-Joachim. Marie-Anne demanda à ses amis de s'arrêter, le temps d'acheter une douzaine d'huîtres pour la vieille dame qui les avait renseignés la fois précédente. Arrivés au bout de la rue, ils l'aperçurent sur le pas de sa porte.

– Déjà de retour ? lança-t-elle en guise d'accueil.

Marie-Anne descendit de voiture et lui tendit le sac d'huîtres.

– Pour vous remercier de votre aide précieuse, précisa-t-elle.

La vieille femme lui sourit de toutes ses dents.

– Je ne sais pas si c'est pour ça que vous êtes là, mais de nouvelles personnes sont venues s'installer dans la maison, dit-elle en baissant la voix. Ce n'était pas les mêmes mais ils se comportaient tout pareil…

– Combien étaient-ils ? demanda Jacques.

– Deux hommes et une femme. Je n'arrivais pas à dormir la nuit où ils sont arrivés et je les ai vus s'installer. Ils sont restés à peine quelques jours, mais la femme n'a pas mis le nez dehors. Eux aussi, ce sont vos amis ? demanda la vieille d'un air méfiant.

– Non, juste des connaissances, intervint Louis.

– Ben, en tout cas, ils n'avaient pas l'air tranquilles ! Les deux hommes sortaient toutes les deux minutes pour vérifier qu'il n'y avait personne dans les parages. Ils étaient vraiment bizarres… Il y en a même un qui portait une veste rouge et des chaussures jaunes ! On ne voit pas souvent ça par ici, ajouta-t-elle.

– Vous êtes une fine observatrice, dit Sylvain.

La vieille rosit de plaisir.

– Juste avant de s'en aller, l'un d'eux a passé un coup de téléphone. Il avait l'air nerveux, il faisait les cent pas et il est venu jusque sous ma fenêtre. Je n'espionnais pas, mais comme ce soir-là non plus je n'arrivais pas à dormir…

– Avez-vous entendu la conversation ? demanda Marie-Anne à brûle-pourpoint.

– Oui, il a dit qu'il partait pour Châteaubriant, qu'il ne pouvait plus rester là.

Tous se regardèrent en silence.

– Et les autres, vous les avez retrouvés ? demanda-t-elle.

– Oui, ils s'excusent de ne pas vous avoir dit au revoir, mentit Jacques.

– Ah, je préfère ça ! s'écria la vieille.

Jacques fit signe aux autres de remonter en voiture. Ils saluèrent la bonne femme et reprirent la route.

Chapitre 11

– Comment va-t-on les retrouver là-bas ? interrogea Marie-Anne. Châteaubriant est une ville immense !

– Nous verrons une fois sur place, répondit Jacques.

Marie-Anne se faisait du souci pour Jeanne Condo. Combien de temps celle-ci allait-elle tenir ? La pauvre femme ne savait même pas que son mari était sain et sauf.

Après plusieurs heures de route, ils arrivèrent à destination. Ils se garèrent en centre-ville et décidèrent de faire un tour dans les rues adjacentes. Alors qu'ils marchaient, Jack s'arrêta net et se mit soudain à japper. Marie-Anne observa son chien d'un air interrogatif, tandis que quelques passants les contournaient furieusement.

– Vous ne pouvez pas aller faire pisser votre chien ailleurs qu'en plein milieu du trottoir ? lança l'un d'eux.

Marie-Anne ne prit même pas la peine de répondre. Elle donna un peu de lest à Jack qui s'empressa aussitôt de courir en direction des poubelles.

– Qu'est-ce que tu trafiques encore ? s'impatienta sa maîtresse.

Le chien se faufila entre le mur et les containers et se mit soudain à aboyer. Marie-Anne découvrit alors une femme, allongée sur le bitume qui tendait une main vers elle, le visage en sang.

– Jacques, viens vite ! hurla Marie-Anne.

Celui-ci accourut et s'agenouilla près de la jeune femme.

– Ça va aller ? demanda-t-il. Je suis de la police.

– Ils me cherchent, ils vont me tuer… répondit-elle faiblement.

– Comment vous appelez-vous ? demanda Jacques.

– Jeanne Condo, répondit-elle avant de perdre connaissance.

Pendant ce temps, Marie-Anne prévint les secours qui ne tardèrent pas à arriver. Lorsque Jeanne Condo reprit ses esprits, Jacques la rassura :

– Vous ne risquez plus rien maintenant. Nous avons aussi retrouvé votre mari, que vous pourrez rejoindre d'ici peu de temps.

Celle-ci poussa un cri de stupeur… et tomba une nouvelle fois dans les pommes.

Jeanne Condo fut conduite dans une clinique privée où elle fut soignée. Heureusement ses blessures étaient superficielles. Jacques et Marie-Anne lui rendirent visite tandis que leurs collègues attendaient dans le couloir en compagnie des deux policiers qui gardaient la porte. Même Jack eut le droit d'entrer.

– Comment vous sentez-vous ? demanda Marie-Anne.

– Fatiguée, mais heureuse, répondit la convalescente. Où sont mon mari et ma mère ? demanda-t-elle.

– À l'abri, dans un endroit où ils ne risquent rien, affirma Jacques. Vous pourrez les rejoindre dès que vous irez mieux. Comment avez-vous réussi à vous échapper ? demanda-t-il.

– Nous voyagions de ville en ville, expliqua-t-elle. À chaque fois, je devais me promener avec une enveloppe remplie de faux billets. Lorsque je croisais un homme avec un chapeau et des lunettes noires, je lui remettais discrètement l'enveloppe et il disparaissait dans la foule. Ils me demandaient aussi d'acheter des objets de valeur dans les grands magasins, et ensuite ils les revendaient. Dans les galeries de Châteaubriant, je me suis réfugiée dans les toilettes. Il y avait une fenêtre qui donnait sur une arrière-cour, par laquelle j'ai réussi à me faufiler. En atterrissant, je me suis cogné la tête. Je saignais beaucoup, mais cela ne m'a pas empêchée de m'enfuir. Après, je me suis cachée comme j'ai pu, jusqu'à ce que vous me retrouviez.

– Savez-vous qui est leur chef? questionna Jacques.

– Oui, c'est un grand de la mafia.

– Vous savez où on peut le trouver? demanda-t-il.

– On dit que c'est un industriel, auquel appartient toute une série d'usines, mais je pense que ce n'est qu'une couverture, répondit Jeanne.

La jeune femme se tourna vers Jack.

– Comment s'appelle-t-il? demanda-t-elle. Ce chien m'a sauvé la vie!

– Jacky. Il est là à titre exceptionnel, normalement il ne devrait pas rester dans la clinique, répondit Jacques avec un sourire amusé.

En sortant, ils se rendirent dans le centre-ville, espérant y trouver un indice qui les conduirait aux malfaiteurs.

Devant une vitrine de bijoux, Marie-Anne s'arrêta:

– Si j'avais les moyens de me payer une aussi jolie bague... murmura-t-elle en admirant un magnifique anneau d'or serti d'un gros diamant. Jacques lui passa un bras autour de la taille.

– Nous en reparlerons le jour de notre mariage, se moqua-t-il.

Marie-Anne aperçut alors dans le reflet de la vitrine un homme derrière eux, qui lorgnait lui aussi la bague. Elle l'observa attentivement et reconnut soudain l'inconnu de la photo.

Elle donna un coup de coude à Jacques, mais lorsqu'il se retourna, l'homme avait disparu.

Marie-Anne l'aperçut tout à coup sur le trottoir d'en face. Jacques fit signe aux autres et tous ensemble, ils le prirent en filature. L'homme marchait à pas pressés jusqu'à un hôtel luxueux, dans lequel il pénétra. Il récupéra sa clé à la réception et disparut dans l'ascenseur. Jacques se précipita vers le réceptionniste.

– Police ! lança-t-il. Quel est le numéro de chambre de cet homme ?

– La… 227, bégaya le réceptionniste.

Jacques et ses amis se précipitèrent vers les escaliers qui menaient aux étages. Essoufflés, ils se retrouvèrent devant la chambre.

– On y est, murmura Jacques.

Louis frappa à la porte.

– Garçon d'étage, une lettre pour vous.

– Glissez-la sous la porte, répondit sèchement une voix d'homme de l'autre côté.

– J'ai besoin d'une signature, monsieur, insista Louis.

Ils entendirent du bruit de l'autre côté, puis une clé tourna dans la serrure.

Au moment où l'homme ouvrait la porte, Jacques donna un magistral coup de pied dedans et l'homme se la prit en pleine tête. Il tomba sur le sol, à moitié assommé. Sans perdre de temps, tous pénétrèrent dans la chambre, où se tenait un deuxième type qui avait déjà ouvert la fenêtre, prêt à sauter.

– À votre place, je ne ferais pas ça, menaça Jacques. Vous serez immédiatement réceptionné par mes collègues qui encerclent l'hôtel, mentit-il.

L'homme se ravisa et mit la main sous sa veste, mais Louis intervint à temps, son arme à la main.

– Plus un geste où je tire, cria-t-il.

Jacques menotta l'homme, tandis que Sylvain aidait l'autre à se relever, inoffensif, suite au coup qu'il avait pris.

– Putain, ils m'ont pété le nez! beugla-t-il.

Marie-Anne appela une voiture de police et les deux hommes furent conduits au commissariat.

Après une brève fouille des lieux, l'équipe ressortit avec un sac plein de faux billets, deux faux passeports anglais, deux autres suisses, et plusieurs fausses cartes d'identité vers toute l'Europe.

Jacques émit un sifflement:

– Nous avons à faire à du gros gibier! s'exclama-t-il.

Ils quittèrent l'hôtel ensemble et retournèrent à la voiture. Jacques était de mauvaise humeur.

– Je comprends maintenant pourquoi Vincent nous a mis sur l'affaire des disparus, maugréa-t-il. Au fond, qu'on les retrouve vivants ou morts, il s'en foutait! Tout ce qu'il voulait, c'était prendre tous ces types dans son filet, et ajouter un des plus grands de la mafia à son palmarès!

– Calme-toi, le tempéra Marie-Anne. C'est en grande partie grâce à lui si nous avons pu retrouver les Condo et Annette vivants. Nous avons arrêté leurs ravisseurs, mais le chef de la bande court encore dans la nature, fit-elle remarquer.

Jacques s'excusa.

– Je suis un peu sur les nerfs, dit-il en allumant une cigarette, que Marie-Anne lui arracha aussitôt.

– Et ça ne t'aidera pas à aller mieux, répondit-elle en la jetant par terre pour l'écraser sous son talon.

Sylvain tenta de détendre quelque peu l'atmosphère.

– Allons manger un morceau, proposa-t-il. Toutes ces aventures m'ont ouvert l'appétit, pas vous?

Chapitre 12

L'équipe se rendit au poste de police où le commissaire l'accueillit.

– Ces hommes ne parleront pas, commandant, affirma-t-il à Jacques. Ils savent ce qui les attend s'ils nous disent quoi que ce soit... Même en prison, leur patron saura trouver un homme de main pour leur régler leur compte.

Jacques se tourna vers ses amis :

– Je vous propose d'aller rendre une petite visite à Jeanne Condo. Elle les connaît et pourra peut-être nous en apprendre davantage, dit-il.

Tous les quatre, ainsi que Jack, prirent donc le chemin de l'hôpital.

À leur arrivée, ils furent accueillis par une malade souriante, heureuse de les revoir.

– Comment allez-vous, madame ? demanda Sylvain.

– Je suis au meilleur de ma forme, merci, répondit-elle.

Elle sourit à Marie-Anne qui lui tendait une boîte de chocolats et un bouquet de fleurs.

– Elles sont magnifiques ! s'exclama-t-elle. Et j'adore les friandises...

Jack aboya en remuant la queue.

– Toi aussi, n'est-ce pas ? dit-elle en lui faisant une caresse. Ils l'ont laissé entrer ? demanda-t-elle en se tournant vers Jacques.

– C'est un chien policier, madame, il suit son équipe partout, répondit-il.

Il s'assit près de la jeune femme.

– Nous avons besoin de votre aide pour retrouver leur fabrique de faux billets, commença-t-il. Si vous vous souvenez de quelque chose, le moindre détail, dites-le nous.

Jeanne Condo réfléchit un instant.

– Ils parlaient souvent d'un endroit dans les environs de Soudan, se rappela-t-elle. Ils l'appelaient le QG. Un jour, l'un d'eux a dit que si les choses tournaient mal, les autres y mettraient le feu, sans laisser de traces.

Elle se tut, puis reprit :

– Vous savez, ces types étaient bizarres. Un jour, j'ai essayé de m'enfuir alors que nous rentrions de Paris. Nous étions près d'Oudon, ils s'étaient arrêtés pour prendre de l'essence. Ils ne prenaient jamais les autoroutes de peur d'être arrêtés. Ce soir-là, ils pensaient que je dormais à l'arrière de la voiture. Pendant qu'ils sont allés payer, je suis sortie et j'ai couru vers les bords de Loire. Mais j'ai glissé dans les coteaux, et je me suis retrouvée dans un chemin de halage le long de la Loire. Je m'étais foulé la cheville droite. Je suis sans doute restée un certain temps allongée là, sans connaissance. Quand ils m'ont retrouvée, ils m'ont transportée jusqu'à la voiture. Par la suite, ils ne m'ont jamais touché un mot de cette histoire…

Jacques la remercia.

– Nous n'allons pas vous fatiguer davantage. Reposez-vous avant votre départ et s'il y a quoi que ce soit, appelez-moi, conclut-il en notant son numéro sur un bout de papier.

– Merci, commandant. Bonne chance.

Chacun leur tour, ils saluèrent la jeune femme et quittèrent l'hôpital.

– Qu'elle est belle, cette femme! lança Sylvain en montant dans la voiture.

– Oui, mais elle est mariée, fit remarquer Louis. Et toi aussi!… Moi, je préfère la jeune chimiste, ajouta-t-il.

– Elle est trop jeune pour toi, Louis, l'avertit Marie-Anne.

– Jalouse! Tu vas nous faire croire que tu ne regardes jamais plus jeune que toi?

– Jamais en votre compagnie, assura-t-elle.

– Vous allez arrêter, vous deux! dit Jacques.

– Quel vieux grincheux! se moqua Louis.

– Un peu de respect pour votre supérieur, Veneau! répliqua Jacques, les sourcils froncés.

Il reprit son sérieux.

– Nous allons prendre la direction de Soudan, pour essayer de dénicher leur fabrique avant qu'ils ne fassent tout disparaître…

Il ne put retenir un sourire.

– Soit dit en passant, si Marie-Anne se mettait parfois en jupe, je suis sûre que nous ne reluquerions plus aucune autre femme…

– Des jupes longues, je n'en trouve pas, se défendit-elle.

– La belle excuse, pouffa Louis.

– Et puis, pour plaire à qui? À mon âge…

– Mais à nous tous! Il n'y a pas d'âge pour être coquette, lui rappela Jacques.

En début d'après-midi, ils atteignirent la périphérie de la ville de Soudan. Ils aperçurent soudain une épaisse fumée noire qui obscurcissait le ciel.

– Mais il y a un incendie ! s'écria Marie-Anne.

– Je crois que nous arrivons trop tard, fit remarquer Louis.

Jacques installa aussitôt le gyrophare sur le toit de la voiture.

– Allons voir ce qu'il se passe là-bas, décida-t-il.

Sylvain donna un grand coup d'accélération et, en quelques minutes, ils arrivèrent sur les lieux. Les pompiers étaient déjà là, faisant tout leur possible pour maîtriser les flammes. Ils avaient beaucoup de mal à manœuvrer leur camion, le feu ayant pris dans un hangar qui se trouvait au fond d'une impasse.

Jacques et ses amis se garèrent à l'entrée de la rue et allèrent à pied à leur rencontre. Jacques leur montra son insigne de police et demanda ce qu'il en était.

– Le feu a démarré dans un atelier qui se trouvait dans le hangar, expliqua le chef des pompiers. Nous n'avons pas pu faire grand-chose pour éviter qu'il ne se propage jusqu'à cet appartement, dit-il en désignant une habitation située à l'étage.

L'homme essuya son visage couvert de suie.

– Mais ce n'est pas tout. Nous avons à faire à un incendie criminel. Nous avons retrouvé trois bidons d'essence à l'entrée de l'atelier…

– Vous avez prévenu la police ? s'enquit Jacques.

– Oui, cela fait déjà dix minutes.

– Êtes-vous sûr que personne ne se trouvait à l'intérieur ? demanda Louis.

– Nous n'avons pas encore pu entrer, répondit l'homme. Le feu était trop puissant, mais je m'apprêtais justement à envoyer mes hommes.

– Je les accompagne, décida aussitôt Jacques.

Marie-Anne eut une moue de désapprobation mais ne dit rien.

– Faites bien attention, conseilla le pompier, tout peut s'effondrer d'une minute à l'autre…

Jacques enfila une combinaison, mit un casque et suivit les pompiers à l'intérieur. Ils traversèrent l'atelier, dans lequel des rouleaux de papier aux trois quarts brûlés finissaient de se consumer, tandis que des caisses pleines de faux billets dégageaient une épaisse fumée noire. Au milieu de la salle, ils découvrirent le cadavre d'un homme, fumant lui aussi, écrasé sous une poutre. Jacques s'agenouilla à ses côtés et l'observa attentivement, luttant contre la nausée qui l'assaillait. Après quelques minutes, il se releva et se dirigea vers la sortie.

– Un homme se trouvait à l'intérieur, annonça-t-il aux autres. Je l'ai examiné, le pauvre type a été tué d'une balle dans la tête avant que l'incendie ne se déclare.

Une voiture de police arriva soudain sur les chapeaux de roues.

– Ça fait une demi-heure qu'on vous attend, les accueillit le pompier. Vraiment, il ne fallait pas vous presser !

L'un des deux policiers se tourna vers Jacques et son équipe.

– Qu'est-ce qu'ils foutent là, eux ? marmonna-t-il en observant Jacques et les autres. Des civils n'ont rien à faire ici, embarque-les ! dit-il à son collègue. La vieille et le cabot aussi, ajouta-t-il en détaillant Marie-Anne.

– Tout doux, mon poulet, c'est moi qui vais t'embarquer si tu ne changes pas de ton.

Jacques sortit son insigne et le lui tendit.

– Nous sommes tous de Nantes, et lui, c'est un chien policier, dit-il en désignant Jack.

Le jeune policier écarquilla les yeux.

– Mais c'est qu'on va recruter à la SPA maintenant ? Et dans les maisons de retraite aussi, à ce que je vois, continua-t-il en se tournant vers Marie-Anne.

Celle-ci intervint :

– Jack, à toi de jouer !

Le chien se précipita vers l'homme et agrippa le bas de son pantalon entre ses mâchoires.

– Mais, qu'est-ce qu'il fait ? Il est enragé ! s'écria le flic.

– Je veux son nom et son numéro de matricule, dit Jacques en s'adressant au collègue du type qui avait observé la scène sans oser intervenir.

– Il faut l'excuser commandant, il a un peu bu et...

– On boit pendant le service maintenant ? le coupa Jacques. Je référerai de tout ça à vos supérieurs dès cet après-midi, conclut-il.

Son portable se mit alors à sonner. C'était Vincent.

– J'ai du nouveau en ce qui concerne le chef de la bande, annonça celui-ci. Il faut que l'on se voie au plus vite.

– Nous devons d'abord aller interroger les ravisseurs de Jeanne Condo pour en apprendre un peu plus, répondit Jacques d'un ton sec. La fabrique de faux billets a été incendiée, et nous avons retrouvé un homme assassiné. Toutes les preuves viennent de s'envoler en fumée.

Vincent commençait à lui taper sur les nerfs.

– D'accord, de toute façon il est trop tard pour que vous preniez la route maintenant. Retournez à Soudan et tirez les vers du nez à ces deux hommes. Plus nous aurons de preuves contre leur chef, mieux ce sera. Retrouvez-moi demain à Étampes dans l'auberge « Les bons amis », en fin de matinée. Je vous dirai ce que je sais, ça risque de vous intéresser.

Jacques coupa la communication, l'air pensif. Vincent aurait apparemment localisé le chef de la bande et, malgré tout, il sollicitait encore leur aide... Se serait-il trompé à son sujet?

Il informa ses amis de la suite des événements et tous retournèrent à la voiture.

– Moi, j'irais bien manger un morceau, lâcha Sylvain. Pas vous?

Marie-Anne faisait une triste mine. Elle avait hâte de retrouver sa maison, et Titi lui manquait. Il était pour elle comme un ami, un confident. Elle sourit en le revoyant trottiner derrière elle à travers la maison. Elle eut soudain envie d'enfouir son visage dans son doux pelage, comme elle aimait à le faire.

Jacques lui passa un bras autour des épaules.

– Que t'arrive-t-il? lui glissa-t-il à l'oreille.

Elle tourna la tête vers lui et l'observa attentivement. Dieu, qu'il ressemble à son père! pensa-t-elle.

Le père de Jacques était un brave homme que Marie-Anne adorait. Il avait été fait prisonnier par des trafiquants de drogue durant plusieurs années aux Indes, avant d'être relâché sans trop que l'on sache pourquoi. Elle se dit alors qu'elle avait tout de même la chance de participer à cette enquête. Avoir contribué à la libération du couple Condo et d'Annette était pour elle un honneur. Si une affaire similaire se représentait par la suite, elle n'hésiterait certainement pas à y prendre part...

– Rien, je pensais à notre prochaine enquête, répondit-elle finalement à Jacques en souriant.

– Attends d'abord que celle-ci soit terminée! s'esclaffa-t-il. Après, je t'emmènerai faire une partie de pêche au bord de la Loire, ajouta-t-il tendrement.

Il savait que Marie-Anne adorait la pêche.

– C'est un plaisir de travailler avec vous, affirma Marie-Anne avec sérieux. J'espère que nous en aurons encore l'occasion à l'avenir.

– Alors, fais du charme au commissaire principal ! lança Louis. Tout dépend de lui.

– J'irai le voir de temps en temps et lui offrirai des berlingots nantais, des Rigolettes ! plaisanta Marie-Anne.

– Sa femme risque d'être jalouse, non ? supposa Sylvain.

– Non, il est célibataire.

– Ah ! Tu t'es déjà renseignée ? s'étonna Jacques.

Tous éclatèrent de rire.

Ils montèrent en voiture et reprirent le chemin de Soudan.

Arrivés au commissariat de police, ils se dirigèrent vers la salle d'interrogatoire où l'un des deux hommes était déjà installé. Jacques entra et s'assit en face de lui.

– Je suis le commandant Vatier, commença-t-il.

Il regarda l'homme droit dans les yeux.

– Pourquoi refusez-vous de donner le nom de votre chef ? demanda-t-il. Cela pourrait pourtant jouer en votre faveur.

– Parce que je ne le connais pas ! s'exclama l'homme. Il nous contactait par téléphone sous un numéro privé afin de nous transmettre ses ordres. Je n'en sais pas plus.

– Qui a reçu l'ordre d'incendier la fabrique de faux billets ? demanda Jacques.

– Elle a brûlé ? s'informa l'autre. Je ne sais vraiment pas qui a fait ça.

Jacques poussa un long soupir et signifia d'un geste au policier qui montait la garde, de reconduire l'homme en cellule.

– Au suivant, marmonna-t-il.

– Qui vous a donné l'ordre d'enlever monsieur Condo? demanda Jacques, alors que l'homme était à peine installé.

– Je sais pas... répondit le type d'un air maussade.

– Qui a mis le feu à la fabrique de faux billets? continua Jacques d'un air impassible.

– Je sais pas, répéta l'autre.

– Alors vous travaillez avec des fantômes, c'est ça? hurla soudain Jacques.

– La seule personne que je connais, c'est le gars qui s'occupait de l'impression des billets, celui qui restait à la fabrique, murmura l'autre.

Jacques inspira profondément pour se détendre.

– Oui, eh bien, ce type s'est fait tuer d'une balle dans la tête, rétorqua Jacques. Pourquoi avez-vous enlevé Jeanne Condo? reprit-il.

– Parce que j'avais besoin du fric que l'on me proposait en échange. J'ai contracté des dettes faramineuses au casino de Pornic, et je devais rembourser avant que les types du casino s'en prennent à ma famille, vous comprenez?

L'homme se mit soudain à transpirer abondamment.

– Vous ne vous sentez pas bien? s'inquiéta Jacques.

– Je suis diabétique, j'ai besoin de sucre, répondit l'autre.

– Apportez-lui un café bien sucré et des barres chocolatées, ordonna aussitôt Jacques au policier qui montait la garde. Avez-vous autre chose à ajouter? demanda-t-il ensuite.

– Non... répondit l'homme d'une voix faiblarde.

Jacques se leva et rejoignit ses amis.

– Nous n'aurons pas appris grand-chose, dit-il d'un air contrarié.

L'après-midi touchait à sa fin et le soleil commençait à décliner. Ils décidèrent d'aller dîner au restaurant avant de retourner à l'hôtel et se reposer, afin d'affronter la journée du lendemain.

Chapitre 13

Le soleil était levé depuis peu, mais ils avaient déjà pris la route en direction d'Étampes, où ils devaient arriver en fin de matinée.

– Pourquoi Étampes? C'est tout petit, demanda Marie-Anne.

Personne ne prit la peine de répondre. Les consignes de Vincent restaient pour eux un mystère.

En arrivant à destination, ils découvrirent une petite auberge enfouie dans un coin de verdure, et qui ne semblait pas accueillir beaucoup de visiteurs.

Vincent, qui les attendait sur le parking, s'avança pour les accueillir.

– Nous sommes à près de trente kilomètres de la porte de Saint-Cloud, annonça-t-il. Je viens dormir ici avec mes hommes quand nous sommes sur une affaire de drogue. Il y a dans ce secteur un trafic assez important. La porte de Saint-Cloud sert de passage pour rejoindre un coin tranquille où les trafiquants se retrouvent.

L'intérieur de l'auberge était charmant, joliment meublé, et dans la cheminée brûlait un feu de bois qui invitait à venir se réchauffer. L'aubergiste vint les saluer.

C'était un homme d'une quarantaine d'années aux cheveux frisés, d'un beau blond vénitien.

Un bel homme, pensa Marie-Anne.

Son épouse ne tarda pas à les rejoindre. Elle semblait avoir le même âge que son mari, elle était brune et légèrement plus petite.

– Bonjour Vincent, vous nous amenez des amis? lança-t-elle.

– Oui, Louisette, répondit-il en l'embrassant.

– Pascal va vous préparer un bon repas, dit aussitôt Louisette en se tournant vers les quatre autres.

– La viande, vous l'aimez comment? s'informa l'aubergiste.

Il baissa les yeux vers Jack.

– Mais toi aussi, tu dois avoir faim! s'exclama-t-il.

– Il n'est pas difficile, affirma Marie-Anne. Donnez-lui ce que vous avez.

– Comment s'appelle-t-il? demanda la femme.

– Jacky, c'est un chien policier, répondit Jacques.

– On va commencer par toi, dit l'aubergiste. Après toute cette route, tu l'as bien mérité. Allez, suis-moi!

Jack lui emboîta le pas.

La femme leur servit un apéritif après les avoir installés autour de la cheminée.

Vincent les observa tous un à un et annonça fièrement:

– Ça n'a pas été une mince affaire, mais je pense avoir mis la main sur le chef de la bande… Si tout se passe bien, on devrait pouvoir le coincer demain.

Tous l'écoutaient attentivement.

– Il s'appelle Julien Vassignon, il est Suisse mais vit à Paris. C'est une grosse pointure de la mafia surveillée par mes hommes depuis un bout de temps. Mais rien jusqu'à présent ne laissait penser qu'il pouvait être mêlé à notre affaire. Seulement, tous ses hommes sont tombés un à un et ça l'a quelque peu déstabilisé. Il y a quelques jours, il a fait l'erreur de passer un coup de fil à l'un de ses amis sur une ligne non protégée et de lui parler du trafic de faux billets. Mes hommes ont intercepté la communication, et c'est ainsi que nous l'avons repéré.

Vincent jubilait.

– Et ce n'est pas tout! Nous savons qu'il doit se rendre dès demain à une réception donnée par une grande maison d'édition à Paris. C'est là-bas que nous irons le cueillir…

Les quatre autres applaudirent.

– Vous avez fait un travail fantastique, Vincent! s'exclama Marie-Anne. J'admire la façon dont vous vous investissez dans votre métier, ajouta-t-elle. Vous n'hésitez jamais à prendre des risques, cela ne vous fait-il pas peur parfois?

Vincent posa sur elle un regard intense.

– Vous savez, Marie-Anne, c'est grâce à mon boulot si je suis encore là aujourd'hui. Sans ça, je pense que j'aurais essayé d'en finir depuis longtemps, répondit-il d'une voix grave.

Tous observèrent un silence respectueux, attendant qu'il se livre.

– Il y a des années, je n'aurais jamais osé risquer ma vie pour mettre un trafiquant sous les barreaux. Mais depuis la mort de ma bien-aimée, tout est différent, continua-t-il sur un ton douloureux.

– Que s'est-il passé? interrogea Marie-Anne.

– J'étais fiancé à une femme dont j'étais éperdument amoureux, expliqua-t-il. Nous devions d'ailleurs nous marier. Trois semaines avant les noces, elle a consulté un médecin car elle se sentait incroyablement fatiguée. Il l'a rassurée, lui disant que ce n'était rien de grave et lui a prescrit des comprimés à base d'amphétamines. Ces comprimés l'ont tuée… elle a fait une crise cardiaque.

Marie-Anne poussa un cri étouffé, tandis que Vincent ne la quittait pas des yeux.

– C'était elle, Marie-Anne, murmura-t-il.

Les autres s'échangèrent un regard chargé d'incompréhension.

– Janette… souffla Marie-Anne.

Une larme roula le long de sa joue.

– Janette Cholet, c'était ma cousine… expliqua-t-elle aux autres.

Elle se tourna vers Vincent.

– Vous êtes donc Christian, Christian Vincent. Maintenant, je vous reconnais. Comment n'ai-je pas fait plus tôt le rapprochement ? se demanda-t-elle.

Vincent avait beaucoup changé depuis toutes ces années. Il avait vieilli et surtout, son beau regard s'était éteint. À la mort de Janette, Christian avait disparu, ne donnant aucun signe de vie à la famille de la défunte. Après la mort de sa fille, l'oncle de Marie-Anne a cessé de manger et s'était laissé mourir de chagrin. Sa femme, qui ne pouvait supporter la mort des deux personnes qui lui étaient les plus chères s'était suicidée peu de temps après. Une bien triste histoire de famille, à laquelle Marie-Anne n'aimait pas penser.

Elle ne put retenir ses larmes plus longtemps. Se remémorer cette disparition si brutale et ce qui s'ensuivit la faisait souffrir. Sa cousine avait à peine vingt et un ans lorsqu'elle était morte… Quel gâchis !

Elle repensa à Janette. Que de souvenirs et de jeux avec elle ! Près de Cholet, il y avait un grand étang, dans lequel poussaient de magnifiques roseaux, ainsi que des joncs, se rappela-t-elle. Janette en cueillait pour les tresser et lui fabriquer des petits bateaux.

Lorsqu'elle partait nager au milieu du lac avec ses deux cousins, Janette leur hurlait de revenir, leur promettant une belle fessée. Ils ne lui avaient pas vraiment mené la vie facile !

Marie-Anne sourit intérieurement, cela lui faisait du bien de penser à sa cousine qu'elle avait tant aimée.

Vincent reprit :

– Après sa mort, j'ai préféré quitter la région car trop de choses me rappelaient Janette. Je suis donc parti dans le Sud où je me suis fait embaucher dans un cirque. La vie de saltimbanque. Cela m'a permis d'apaiser ma douleur. Par la suite, j'ai bien essayé de refaire ma vie, mais ce fut impossible. J'appartenais à Janette et je lui appartiens encore. Je suis aujourd'hui un célibataire endurci ! Je me dis que s'il m'arrive quelque chose, je ne mourrai pas pour rien, je partirai la rejoindre.

Il essuya une larme qui perlait au coin de son œil.

– Laissons donc le passé là où il est et allons plutôt manger ! lança-t-il d'un ton qui se voulait enjoué.

Marie-Anne acquiesça et tous se levèrent pour passer dans la salle à manger.

Le repas se déroula dans une agréable atmosphère. Tout en dînant, Marie-Anne retrouvait les gestes coutumiers de Christian qu'elle connaissait si bien. Ce couteau qu'il avait toujours dans la poche et qu'il sortait à la première occasion, ou bien cette habitude de se passer négligemment la main dans les cheveux… Christian était aujourd'hui en face d'elle et elle avait du mal à y croire.

Certains gestes ou traits de caractère s'ancrent en nous lors de notre jeunesse pour ne plus nous quitter. Elle retrouvait le jeune Christian qu'elle avait connu il y avait des années. La vie est ainsi faite, se dit-elle. Elle concentra alors son attention sur Jacques. Lui non plus n'avait pas changé, observa-t-elle. Il avait toujours conservé son caractère soupe au lait! Elle se tourna ensuite vers elle-même. Et moi, qui suis-je devenue après tout ce temps? Elle se rassura en se disant qu'elle ne devait pas avoir tellement changé puisque Christian l'avait reconnue.

Une fois le repas terminé, Christian Vincent leur exposa son plan.

– La maison d'édition donne sa réception sur l'avenue Montaigne, près des Champs-Élysées, demain à dix-neuf heures. Je vous ai obtenu des cartons d'invitation ainsi qu'une tenue de soirée pour chacun d'entre vous. Vous serez armés, on ne sait jamais, mais la police vous couvrira dehors, prête à intervenir. Notre but est d'arrêter l'homme dans la plus grande discrétion, sans faire de vagues. Pour ma part, je prends la route pour Paris dès cette nuit, mais je ne vous rejoindrai pas à la réception. Notre homme a déjà eu à faire à moi, et je ne voudrais pas prendre le risque qu'il me reconnaisse.

Après cette dernière mise au point, ils se séparèrent et chacun monta se coucher, épuisé. La journée avait été lourde en émotions...

Chapitre 14

Le lendemain matin, ils prirent la route en direction de Paris. Ils étaient tous très excités à l'idée d'arrêter enfin le chef de la bande et clore ainsi cette enquête. Le trajet se déroula donc dans une ambiance joyeuse, si bien que personne ne vit le temps passer.

Ils arrivèrent à destination en milieu d'après-midi, ce qui leur laissa le temps de visiter un peu la capitale avant de se rendre au commissariat du dix-neuvième arrondissement. Sur place, ils récupérèrent leurs tenues de soirée et firent la connaissance des policiers qui les seconderaient. Le commissaire mit une salle à leur disposition afin qu'ils puissent se préparer. Jacques et ses deux amis se changèrent avant de laisser la place à Marie-Anne.

Lorsque celle-ci apparut, les trois hommes ne purent retenir un cri d'admiration.

– Tu es merveilleuse ! s'extasia Jacques.

Marie-Anne semblait en effet métamorphosée. Elle portait une longue robe de soie noire qui mettait sa silhouette en valeur, ainsi qu'une magnifique parure de bijoux en or. Ses cheveux étaient relevés en un chignon parfaitement agencé, et un maquillage discret faisait ressortir ses yeux en forme d'amande.

– Tu vois quand tu veux, tu peux faire des miracles ! la taquina Louis.

Une voiture de police banalisée les attendait devant le commissariat. Elle les conduisit à la réception, les déposant devant l'entrée principale.

En entrant dans le hall de l'édifice, Marie-Anne fut subjuguée par tant de luxe. Les marches de l'escalier qui conduisait à la salle étaient en marbre, recouvertes d'un splendide tapis rouge. Des boules de cuivre suspendues au plafond reflétaient la douce lumière d'un somptueux lustre en cristal.

Le directeur de la maison d'édition accueillait les invités. Il serra la main des quatre policiers et leur glissa un regard lourd de sous-entendus. L'homme avait été averti de leur venue par Vincent, un peu plus tôt dans l'après-midi.

Il les conduisit à l'écart et leur glissa discrètement :

– Je pense que l'homme que vous recherchez est celui qui se trouve là-bas, dit-il en désignant un géant en costume sombre, absorbé dans une discussion avec un autre homme. Et apparemment il n'est pas venu seul.

Il se tourna vers Jacques :

– Je vous soutiens entièrement dans cette affaire, précisa-t-il. Mais, par pitié, agissez discrètement ! J'ai investi une fortune dans cette réception et si tout se passe bien, je devrais décrocher un bon nombre de contrats…

Il jeta un coup d'œil vers la porte où de nouveaux invités arrivaient.

– Je dois vous laisser, dit-il. Bonne chance !

– Pourquoi Vassignon est-il venu ici ce soir ? interrogea Marie-Anne.

– Je pense qu'il va s'attaquer aux étrangers afin d'écouler ce qui lui reste de faux billets, répondit Jacques sans quitter l'homme des yeux.

– Nous devons faire attention, car son homme de main le suit comme son ombre, précisa-t-il en observant un type assez classe qui suivait Vassignon dans la salle, tout en restant en retrait.

Les quatre policiers se fondirent dans la foule des invités. L'air de rien, ils suivaient leur proie à la trace. Pour donner le change, ils feignaient de discuter tranquillement tout en sirotant une coupe de champagne.

Marie-Anne remarqua que, sous son air décontracté, Vassignon semblait nerveux. Je peux le comprendre! se dit-elle.

Après une heure à tourner en rond au milieu des invités, Vassignon et son homme se dirigèrent subitement vers la sortie. Ils récupérèrent leurs manteaux aux vestiaires et quittèrent la réception.

– Nous ne devons pas les perdre de vue! s'écria Jacques.

Tous les quatre se précipitèrent donc derrière les deux hommes. Ceux-ci s'engouffrèrent dans une limousine bleu nuit qui les attendait devant l'entrée. Le chauffeur démarra et se dirigea vers les Champs-Élysées.

Jacques fut pris de panique. Il héla aussitôt un taxi et demanda au chauffeur de suivre la limousine.

Quelques minutes plus tard, les deux hommes descendirent de voiture devant un somptueux hôtel sur l'avenue d'Ivry.

Les quatre policiers attendirent qu'ils franchissent la porte avant de descendre de voiture à leur tour.

Jacques appela l'équipe de policiers qui devait les assister.

– J'ai besoin de renfort, leur dit-il.

Il leur indiqua l'adresse de l'hôtel et attendit que les hommes montent à l'étage avant d'y pénétrer, suivi de Marie-Anne et des deux autres.

Ils demandèrent le numéro de chambre de Vassignon et celui de son homme de main au réceptionniste, et prirent l'ascenseur.

Avec un passe que l'homme de l'accueil lui avait procuré, Jacques ouvrit la chambre du complice de Vassignon. Celle-ci était vide.

– Manifestement, les deux hommes sont ensemble, lança Jacques.

Ils se rendirent ensuite devant la chambre de Vassignon. Jacques fit tourner délicatement la clé dans la serrure, puis ils se précipitèrent tous à l'intérieur.

– Pas un geste ! hurla Louis en braquant son arme sur les deux hommes.

– Allez, face au mur, écartez les jambes et ne bougez plus, ordonna Jacques.

Surpris, les deux types installés près de la fenêtre se tournèrent vers leurs visiteurs. Comprenant ce qui se passait, Vassignon ouvrit soudainement la fenêtre et jeta dehors son porte-documents, s'apprêtant à sauter à son tour.

– Ne bougez plus où je tire, prévint Louis

– L'immeuble est cerné, Vassignon, ajouta Jacques. Ne prenez donc pas le risque d'aller vous casser une jambe !

Il hésita puis se retourna lentement vers les policiers et leva les mains en l'air, tout en jetant un regard noir à son complice.

Sylvain s'approcha des deux hommes et leur passa les menottes, tandis que Marie-Anne observait la scène, postée en retrait dans un coin de la pièce.

Soudain, le téléphone de la chambre se mit à sonner. Jacques décrocha.

– Monsieur Vassignon ? dit un homme à l'autre bout du fil. Mon réceptionniste vient de me prévenir que quatre policiers montaient dans votre chambre. Ils devraient arriver d'une minute à l'autre !

– En fait, nous sommes déjà là, répondit Jacques. Mais nous n'allons pas tarder à redescendre, ajouta-t-il. Attendez-nous donc en bas et vous accompagnerez vos petits copains au commissariat, ordonna-t-il à l'homme qui était apparemment le directeur de l'hôtel.

– Je vois que vous avez des amis pleins d'attentions à votre égard, dit-il en raccrochant.

Ils redescendirent avec les hommes menottés et retrouvèrent le directeur de l'hôtel dans le hall d'entrée. Celui-ci affichait un air penaud, et se laissa facilement arrêter.

– Emmenez-les ! ordonna Jacques à l'équipe de policiers qui venait de les rejoindre.

Ceux-ci conduisirent sans ménagement les trois hommes jusqu'à leur voiture et prirent la direction du commissariat, toutes sirènes hurlantes.

– Eh bien, mes amis ! lança Louis, une fois dans la rue, je pense que nous avons mérité une bonne nuit de sommeil.

Ils s'apprêtaient à se rendre à leur hôtel, lorsque le téléphone de Jacques se mit à sonner.

– Je vous félicite ! les complimenta Vincent d'une voix joyeuse. Grâce à vous, cette affaire est couronnée de succès. Bien sûr, je veillerai à ce que vous receviez tous les honneurs concernant votre remarquable travail, ajouta-t-il.

Il ne laissa pas à Jacques le temps de répondre.

– Embrassez Marie-Anne de ma part, dit-il. Et dites-lui que je ne manquerai pas de lui rendre une petite visite à Nantes dès que mon emploi du temps me le permettra… Et encore bravo ! cria-t-il avant de raccrocher.

Jacques rangea son téléphone d'un air perplexe.

– C'était Vincent, dit-il. Il semble content de notre travail… Il m'a précisé que nous serions félicités par nos supérieurs. Je pense qu'il ne leur a pas dit le rôle crucial qu'il avait joué dans cette affaire.

– Vincent ne court pas après les lauriers, ça se voit tout de suite ! répondit Louis.

– En attendant, je vais rentrer chez moi en héros ! plaisanta Sylvain.

Marie-Anne ne fit aucun commentaire. Elle était épuisée et n'avait qu'une envie, se glisser entre les draps d'un lit douillet.

Chapitre 15

Dès le lendemain matin, les quatre amis se rendirent au commissariat afin de procéder à l'interrogatoire de Vassignon et de son homme de main.

– Messieurs, je vous laisse le plaisir d'interroger ces deux hommes afin que vous puissiez conclure cette affaire au plus vite, les accueillit le commissaire.

– En effet, j'ai quelques questions à leur poser, répondit Jacques d'un air déterminé.

– Eh bien, ils sont à vous ! lança l'autre en les guidant vers la salle d'interrogatoire.

Comme à son habitude, Jacques s'installa puis demanda à ce qu'on lui amène un des hommes.

– Faites-moi entrer le complice de Vassignon, dit-il.

L'homme entra, entouré de deux policiers. Il prit place en face du commandant Vatier.

– D'après ce que j'ai compris, vous seriez celui qui servait d'intermédiaire pour le transfert de l'argent en Suisse, n'est-ce pas ? commença Jacques.

L'homme ne répondit pas.

– Bien sûr, vous avez le droit d'exiger la présence de votre avocat avant de répondre à mes questions, concéda

Jacques. Mais vu la situation dans laquelle vous vous trouvez, je vous conseillerais plutôt de coopérer sur-le-champ.

L'homme lui lança un regard paniqué.

– Comment vous appelez-vous? demanda Jacques d'une voix douce.

– Bertrand Navau, répondit l'autre.

– Bertrand, que pouvez-vous me dire sur l'enlèvement du couple Condo et celui d'Annette? Ainsi que sur l'assassinat de l'homme retrouvé dans l'atelier incendié? J'aimerais aussi savoir quels sont vos contacts en Suisse. Si vous refusez de répondre, vous serez immédiatement transféré à la prison de Nantes, conclut Jacques.

Il prit un air pensif.

– C'est une très jolie prison, un peu surpeuplée, certes, mais cela vous permettra de vous faire des amis… ou des ennemis, à vous de voir!

L'homme tremblait de tous ses membres.

– Je faisais passer les faux billets en Suisse et un peu de drogue aussi, avoua-t-il.

– Qui rencontriez-vous là-bas? demanda Jacques.

– Personne, monsieur.

– Commandant, corrigea Jacques.

– Personne, commandant, je laissais tout ça dans une consigne numérotée, à la gare.

– Quelle gare? Je veux le numéro de la consigne et la clé, s'impatienta Jacques.

– À la gare de Berne, dans la consigne 327, s'empressa de répondre le type. La clef se trouve dans mes affaires que j'ai remises au commissaire.

– Pourquoi à Berne? demanda Vatier.

– C'étaient les ordres, je n'en sais pas plus, dit l'autre.

– En ce qui concerne l'enlèvement du couple Condo, que savez-vous?

– C'est moi qui me rendais à Cambrai pour aller payer les ravisseurs de monsieur Condo, avoua Navau.

– Vous faisiez aussi un petit tour chez la boulangère, à qui vous déposiez des colis, non ? lança Jacques.

– Non... tenta l'autre.

– Ne jouez pas au plus malin avec moi, Navau. Vous correspondez trait pour trait à la description que cette charmante dame nous a faite, hurla Jacques.

L'homme avoua :

– En effet, c'était moi.

– Et pour le type que l'on a retrouvé dans l'atelier, que savez-vous ? continua Vatier.

– Ce n'est pas moi qui l'ai liquidé, assura l'autre. Ce sont des truands venus de Nantes et payés par le patron. Ils avaient ordre de faire brûler la fabrique.

Vatier soupira. Cet homme n'en savait pas plus, ce n'était qu'un exécutant. C'est au chef de la bande qu'il devait s'attaquer.

– Brigadier, emmenez cet homme, ordonna-t-il.

Le commissaire entra dans la pièce.

– Si vous et vos collègues souhaitez prendre votre journée, vous pouvez reprendre le deuxième interrogatoire à partir de demain, proposa-t-il.

– Non, nous voulons en finir au plus vite. Merci quand même, répondit Vatier.

La journée venait à peine de commencer, et Marie-Anne était déjà épuisée. Elle en avait assez d'être à Paris, dans ce commissariat aux murs noirs de crasse, et à l'odeur de tabac froid.

Ils ne connaissent pas l'hygiène ici ! se dit-elle, décidant de sortir pour respirer un peu d'air frais.

Pendant ce temps, Jacques se réunit avec Louis et Sylvain.

– Nous allons l'avoir à l'usure, leur chef, avertit-il. Nous l'interrogerons chacun notre tour, jusqu'à ce qu'il craque, c'est compris?

Il se tourna vers Sylvain.

– Toi, tu commences, dit-il. Ensuite ce sera le tour de Louis, puis de Marie-Anne.

– Pourquoi moi? demanda Sylvain sur un ton enfantin.

– Parce que tu t'y connais en interrogatoires, rétorqua Jacques. Nous, nous sommes des chasseurs mais toi, tu es le meilleur pour leur faire cracher le morceau!

– Je te remercie de ta confiance, répondit Sylvain, flatté.

Sylvain s'installa dans la salle d'interrogatoire et demanda qu'on lui amène Vassignon.

L'homme entra vêtu de son costume de la veille, parfaitement coupé. Sylvain remarqua qu'il portait des chaussures en cuir cousu main. Ils s'observèrent en silence pendant un moment, s'affrontant du regard.

– Vous déclarez vous appeler Hervé Vassignon, et vous avez quarante-sept ans, commença Sylvain.

– Je vous en prie, j'ai passé une nuit infernale, enfermé dans ce trou à rat, vos hommes m'ont servi une nourriture infecte, alors ne comptez pas sur moi pour vous dire quoi que ce soit, s'emporta l'homme.

Il se passa une main dans les cheveux.

– Je veux que vous préveniez mon consulat, et que l'on m'amène un avocat, reprit-il.

– Pas si vite! s'opposa Sylvain.

– Écoutez, je suis diplomate et, de ce fait, je suis protégé. Vous n'avez pas le droit de me garder ici, cela va vous coûter cher, très cher! menaça l'homme en hurlant de nouveau.

– Diplomate ? releva Sylvain. Aux dernières nouvelles, vous étiez un industriel…

Il ne lui laissa pas le temps de répondre.

– Alors maintenant, tu vas te calmer, Vassignon, et me dire si c'est toi qui es à l'origine de cette affaire de faux billets, et si tu employais tous ces hommes, dit Sylvain en lui lançant une série de photos prises lors des précédentes arrestations.

– Je ne dirai rien, répondit l'autre d'un air provocateur.

– Alors tu passeras la journée enchaîné à une chaise, la lumière d'un projecteur dans les yeux. Peut-être que cela te donnera envie de parler !

Sylvain tapa du poing sur la table, et Vassignon sursauta.

– Où vivez-vous ? reprit-il.

– En Suisse, répondit l'homme. Je suis à Paris pour affaires.

– Votre adresse ?

– 25 rue Chopin, à Berne, lança Vassignon.

Sylvain nota l'adresse sur un calepin.

– Qui a assassiné l'homme de la fabrique de faux billets ? demanda-t-il.

– Je ne sais pas, répondit l'autre.

– Pourtant, c'est toi qui as embauché un certain Cerisait. Il vient d'être arrêté et transféré à Nantes, il a avoué, rétorqua Sylvain.

Louis entra dans la salle.

– Capitaine, cet homme est à vous, dit Sylvain en se levant.

– Combien lui avez-vous donné, à Cerisait, pour qu'il commette un meurtre ? interrogea Veneau.

– Je lui ai dit de se servir avant de mettre le feu à l'atelier, répondit Vassignon à son nouvel interlocuteur.

– Soutenez-vous être diplomate ? demanda Louis.

– Oui, je travaille au Consulat de Suisse à Paris.

– Je crois plutôt que vous êtes un riche mafieux qui jusqu'alors s'est fait passer pour un industriel. Vous êtes surveillé depuis des mois par la police… et aujourd'hui vous allez tomber pour trafic d'armes, enlèvement et séquestration, vol, trafics de drogue et meurtre avec préméditation ! menaça Louis.

– Je veux un avocat, exigea l'homme.

– Vous croyez qu'il pourra faire quelque chose pour vous ?

Louis éclata de rire.

– Alors là, vous vous leurrez !

Il regarda l'homme droit dans les yeux.

– Nous savons que votre frère s'appelle Hervé Vassignon et qu'il est diplomate au consulat de Suisse à Paris, mais vous, vous êtes Julien Vassignon… le mafieux. Nous savons exactement qui vous êtes, et je vous jure que vous allez tomber, répéta Louis. Tiens, tant que nous y sommes, rajoutons l'usurpation d'identité à nos chefs d'accusation…

Soudain, Louis se leva et sortit. Marie-Anne entra à son tour.

– Vous voulez un verre d'eau, monsieur ? proposa-t-elle gentiment.

– Je veux bien, répondit l'homme, quelque peu déstabilisé. C'est vraiment un chien policier ? demanda-t-il en désignant Jack.

Le chien aboya.

– Jack, tais-toi. Apparemment, il n'apprécie pas le fait que vous doutiez de lui, pouffa Marie-Anne.

– Où sont les autres ?

– Ils se concertent, répondit Marie-Anne. Vous savez, ils savent se montrer très patients et ils vous garderont tant que vous ne leur direz pas toute la vérité, ajouta-t-elle.

– Vous êtes de la police ?

– Oui, je suis maître chien.

– Que voulez-vous savoir ? finit-il par demander.

– Qui avez-vous chargé d'enlever Jeanne Condo et Annette Bauvoir ?

– Deux pauvres types que j'ai rencontrés dans un bar à Nantes. Ils ont tout de suite accepté le boulot et je les ai payés avec de vrais billets, précisa-t-il.

– Dites tout ça à mes collègues, peut-être que cela vous permettra de quitter plus vite cet affreux commissariat, lui conseilla Marie-Anne.

– Entendu, dit l'autre.

– J'aimerais savoir, demanda-t-elle soudain, pourquoi avoir orchestré toute cette affaire ?

– Je voulais inventer une drogue plus puissante et moins chère qui aurait envahi le marché. Pour cela, il me fallait des chimistes.

– Mais les Condo ne sont pas chimistes, ils sont ingénieurs en recherche biologique, s'exclama Marie-Anne. C'est tout à fait différent ! Ils ne pouvaient pas vous aider, ils n'y connaissaient rien... Qu'auriez-vous fait d'eux si on ne les avait pas retrouvés à temps ? demanda-t-elle.

L'homme ne répondit pas.

– Vous les auriez supprimés, n'est-ce pas ?

Elle le regarda droit dans les yeux.

– Si vous voulez un conseil, coopérez avec mes collègues, car s'ils vous renvoient en Suisse, là-bas je ne donne pas cher de votre peau.

Elle se leva et sortit, laissant l'homme méditer sur son sort.

Louis la félicita :

– Bon boulot !

Jacques entra à son tour dans la salle d'interrogatoire.

– Reprenons, dit-il en s'asseyant. Vous avez comman- dité l'enlèvement de trois personnes, n'est-ce pas ?

– Je l'ai déjà dit à la dame, répondit l'autre.

– Qui a enlevé Jeanne Condo ?

– Il y en a un qu'on appelle Coquille d'œuf et l'autre, c'est Petite Patte. Je n'en sais pas plus…

– Eh ben, avec ça… fit Vatier.

Il poussa un long soupir.

– Maintenant nous allons jouer franc-jeu, dit-il d'un ton sec. Je sais tout de vous et je connais vos antécédents. Il y a quatre ans, vous avez braqué une banque, malheu- reusement la police n'a jamais réussi à vous arrêter… Deux ans plus tard, vous avez commis un cambriolage dans une riche propriété de Nantes, avec l'aide de deux complices. Vous êtes repartis avec une quantité d'objets de valeur, mais les choses ont mal tourné et vous avez fait un carnage. Le propriétaire est mort, si je me souviens bien, non ?

Vatier ne quittait pas l'homme des yeux.

– Vous me prenez pour un imbécile, mais je sais que les deux hommes qui ont enlevé Jeanne Condo sont ceux qui vous ont assisté lors du cambriolage. On ne change pas une équipe qui gagne, lança-t-il d'un air narquois. Mais sachez que vous allez payer pour tout ça, Vassignon ! cria-t-il. Pour le meurtre de cet homme, mais aussi pour celui des deux SDF, et de l'imprimeur que vous avez engagé pour vos faux billets. Vous passerez la fin de vos jours en prison. Vous m'entendez ?

– Je veux voir mon avocat ! rugit l'homme.

– Et avec quoi le paierez-vous ? Avec de faux billets peut-être ? rétorqua Vatier.

Un policier entra soudain dans la salle.

– Commandant, un monsieur souhaiterait parler au détenu. Il insiste, il dit qu'il arrive tout droit de Nantes et qu'il s'appelle Arthur Vinte, expliqua-t-il.

Le frère de Jeanne Condo. Que vient-il faire ici ? se demanda Jacques.

– Faites-le entrer, finit-il par répondre.

Le policier disparut et Arthur Vinte fit son entrée. Il resta debout près de la porte, et observa Vassignon un long moment avant de commencer.

– Je voulais voir en chair et en os le monstre que vous êtes, lui cracha-t-il. Vous avez enlevé ma sœur et mon beau-frère, vous avez détruit ma famille pour une histoire de drogue que vous n'avez même pas été foutu de fabriquer !

Il éclata alors de rire.

– Ce n'est pas d'eux dont vous aviez besoin, mais de moi ! continua-t-il. Ma sœur et mon beau-frère sont cher-cheurs en médecine, c'est moi le scientifique qui aurait été à même de fabriquer la drogue. Vous avez fait erreur sur la personne. Ma sœur l'avait compris dès le départ, mais elle n'a rien dit dans l'espoir de me protéger, ainsi que son mari que vous n'auriez pas hésité à éliminer. Quel homme courageux ! Lui non plus, il ne vous a rien dit.

Arthur s'approcha de Vassignon.

– Et en ce qui concerne le meurtre de l'imprimeur, sachez que je veillerai personnellement à ce que vous soyez considéré comme le principal coupable, ajouta-t-il.

Il se tourna alors vers Vatier.

– Je connaissais bien cet homme, l'imprimeur, il s'ap-pelait monsieur Smitt. Il a une femme et deux enfants qui n'ont pas encore osé venir réclamer son corps par peur de représailles, expliqua-t-il. Vassignon leur avait rendu visite et les avait tous menacés de mort si Smitt n'acceptait pas de travailler pour lui. Il était prêt à enlever, violer et tuer ses deux filles. Terrorisé, Smitt nous a informés qu'étant malade, il ne pouvait continuer à travailler pour nous.

Jacques était bluffé car ses hommes n'avaient pas encore réussi à identifier le cadavre, et aucun membre de la famille ne s'était manifesté.

– Vous êtes le principal coupable dans cette affaire, lança le scientifique à l'adresse de Vassignon. Vous avez tout orchestré de A à Z. Par votre faute, ma famille a connu bien trop de souffrances… Il nous faudra du temps avant de retrouver une vie normale. Monsieur, sachez que j'ai pitié de vous, je vous blâme et je vous plains à la fois. Je ne souhaite qu'une chose, que les années qu'il vous reste à vivre en prison vous semblent interminables.

Sur ces mots, il tourna les talons et sortit.

Jacques lança un regard méprisant à Vassignon dont la lèvre inférieure s'était mise à trembler.

– Reconduisez-le en cellule, ordonna-t-il au policier.

Il se leva et rejoignit Arthur Vinte.

– Veuillez m'excuser, monsieur Vinte, mais comment avez-vous su pour Smitt? interrogea Jacques.

– Je le connaissais depuis six ans, expliqua-t-il. Mon laboratoire l'avait employé pour la reliure de documents confidentiels. C'était un très bon imprimeur, le meilleur de Nantes! Lorsque j'ai appris que l'homme qui imprimait leurs faux billets avait été tué, j'ai essayé de contacter Smitt, au cas où…

Arthur se passa une main sur le visage.

– C'est sa femme qui m'a répondu. Je me suis trouvé bête, et je lui ai dit en riant que je voulais seulement m'assurer que son mari allait bien. Elle s'est alors effondrée et m'a tout raconté. Le chantage que Vassignon leur avait fait pendant des mois, et la fin tragique de son mari.

Jacques eut un sourire triste.

– Nous aurions dû vous engager pour travailler avec nous sur cette affaire, essaya-t-il de plaisanter.

Arthur Vinte lui rendit son sourire.

Tous deux gagnèrent la cafétéria du commissariat pour y rejoindre Marie-Anne et les deux autres. Quelle ne fut pas la surprise de Jacques lorsqu'il découvrit le couple Condo, madame Vinte, Annette Bauvoir, ainsi que Solène et sa mère, attablés autour d'un bon goûter!

– Quel bonheur de tous vous voir réunis! s'écria-t-il.

Une larme perla au coin de son œil, et il s'empressa de l'essuyer discrètement.

– Ce soir, je vous emmène dîner dans le plus chic restaurant de Paris! lança-t-il d'un air joyeux en espérant donner le change.

Mais Marie-Anne n'était pas dupe, elle le connaissait depuis trop longtemps pour ne pas capter son émotion. Elle s'approcha donc de lui et le prit dans ses bras.

Jack se mit alors à aboyer.

– Mais oui, Jacky! Toi aussi, tu nous accompagnes, fit Jacques en riant. Et ne joue pas au plus jaloux avec moi, ajouta-t-il. Moi aussi, j'ai droit au câlin de ta maîtresse et il va falloir que tu t'y habitues!

Marie-Anne ne put s'empêcher de sourire, et elle le serra un peu plus fort contre elle.

Après quelques minutes, Jacques se dégagea pour s'approcher de Solène.

– Je tiens à remercier cette petite fille au nom de la police nationale. Sans elle, nous ne serions pas tous réunis ce soir.

La fillette rougit de fierté.

– Et en plus maintenant, j'ai une nouvelle grand-mère! ajouta-t-elle vivement.

Tout le monde éclata de rire et madame Vinte serra la petite fille contre son cœur. Cela faisait bien longtemps qu'elle ne s'était pas sentie si heureuse. Aujourd'hui, elle allait enfin pouvoir revivre...

Photocomposition
Nathalie Costes Nghien

DÉPÔT LÉGAL
Octobre 2009
réédition janvier 2016

Imprimé par Books on Demand GmbH, Nordertedt, Allemagne